图书在版编目（CIP）数据

红颜控 / 消失著. — 北京：华夏出版社，2012.5
ISBN 978-7-5080-6950-0

Ⅰ. ①红… Ⅱ. ①消… Ⅲ. ①长篇小说－中国－当代　Ⅳ. ①I247.5
中国版本图书馆 CIP 数据核字（2012）第 095818 号

红颜控

作　　者	消　失
出版策划	嘉伟文化 JARL.V CULTURE
责任编辑	刘晓冰
特约编辑	黄湘琳
装帧设计	李　丹
插画设计	钟佳希
出版发行	华夏出版社
经　　销	新华书店
印　　刷	湖南和成彩印有限公司
装　　订	湖南和成彩印有限公司
版　　次	2012 年 5 月北京第 1 版　2012 年 5 月湖南第 1 次印刷
开　　本	710×1000　1/16
印　　张	10 印张
字　　数	81 千字
插　　页	32
定　　价	25.00 元

华夏出版社　网址：www.hxph.com.cn　地址：北京市东直门外香河园北里 4 号　邮编：100028
若发现本版图书有印装质量问题，请与我社营销中心联系调换。电话：（010）64663331（转）

序

历史上，那些不曾消失的红颜

刘正权

最完美的是消失！果真如此吗？

穿越尘封的历史，时时搅动我们心头涟漪的，不是王朝的更替，不是岁月的变迁，而是那些不曾消失的红颜女子们。这些红颜女子大都有这样一个共性，具倾国倾城之貌，藏七窍玲珑之心！红颜女子一旦有了心计，搅动的就不是一汪春水，而是历史的天空。历史就这么在红颜女子的妒忌和算计中，或波涛汹涌，或暗流缠绕！

但请谨记，这一切，尽在无形的掌控中！

一个"控"字，道不尽历朝历代多少红颜的薄幸。红颜似乎从生下来的那一天就注定被命运控制着，身不由己地在红尘中跌跌撞撞穿行，直至玉殒香消。起红颜于地下问之，有多少人在有生之年实现了自己的情感控！

该书以都市新潮女子的视角来揣摩古代红颜女子的情感，其新颖别致的观点，耳目一新的切入点，于诙谐调侃中对人物命运进行解剖，颇有警世意味。时尚的语言，流行的元素，跳跃的思维，轻松的笔调，藏而不露的情感，让走进历史深处的红颜女子们再一次回归我们的视野！

这些红颜女子的妒忌也好，算计也罢，再一次告诉我们一个颠扑不破的真理：红颜女子不可能完美地消失于历史中！

书中以历史上诸多颇负盛名的红颜女子一生的情感为主线，以现代人的思维，诠释古代人的行为，可读可信。掩卷长叹之余，如果你不幸是这样一个生有妒忌心、算计心的红颜女子，那么，你很幸运有了一盏指路的明灯！

因为这些红颜女子的薄幸，也许不经意间，就在我们头顶，嬗变成一颗颗美丽的星星，照亮我们前行的路！

评判美女，钩沉历史！审视女性，警示人生！该书以正文导出历史上一个个红颜美女的悲情故事，辅以古诗插画，借助图文并茂的新颖形式，清晰地传递出作者内心世界的信息。通过阅读这些红颜女子可悲可叹的一生，能让我们身边因为尘世喧嚣而迷惘的70后、80后、90后女性的人生观、爱情观、婚姻观，得到很大启迪，并可让其重新审视人之为"人"的生存意义与价值取向。

从本书中，我们不光读到现代文化与历史文化的碰撞，更能深切领悟人性与社会大背景的冲突。作者在将自己对中国传统文化的喜爱阐述得淋漓尽致的同时，也巧妙地将历史典故穿插其间，其在读者中传播和普及中华文化精髓的作用是不可忽视的。

传统文化与时尚元素的巧妙结合更是本书的一大亮点，以现代女性的心理审视古代女人内心的奇妙世界，也是让读者期冀一睹为快的一个原因。这本书，不仅仅受到女性读者青睐，而且能吸引众多的男性读者，因为男性希望真正了解女人，而这本书恰好是引领男性走向女性心灵的一个通幽曲径！

《红颜控》
HONG YAN KONG

目录

弃妇不弃情　盛况秒杀寇白门/23
【百科名片】寇湄，字白门，明末秦淮名妓，以侠义多情而著称。寇湄一生颇富传奇色彩，名噪秦淮。受朱国弼冷落，又从扬州某孝廉韩生，后为韩生所弃，复还金陵，最后不幸流落乐籍病死。

移情可别恋　移花不接木/31
【百科名片】花蕊夫人，后蜀皇帝孟昶的贵妃，五代十国时期女诗人。幼能文，尤长于宫词。得幸蜀主孟昶，赐号花蕊夫人。其《述国亡诗》亦颇受人称道，实难得之才女也。

小三难斗腹黑正室　真爱无敌最终成魔/36
【百科名片】吕雉（公元前241年—公元前180年），汉高祖刘邦的皇后，高祖死后，被尊为皇太后，是中国历史上有记载的第一位皇后和皇太后。同时，吕雉也是封建王朝第一个临朝称制的女子，掌握汉朝政权长达十六年。

裸婚卓文君　有情饮水饱/41
【百科名片】卓文君，汉代才女，西汉临邛（属今四川邛崃）人，与汉代著名文人司马相如的一段爱情佳话至今还被人津津乐道，也有不少佳作流传后世。《白头吟》为其代表作。

金屋藏得娇王娡　婚姻有情更有智/48
【百科名片】孝景王皇后（公元前173年—公元前112年），姓王氏，名娡，为汉景帝第二任皇后，汉武帝生母。《史记》和《汉书》均记载了王皇后的生平，金屋藏娇的故事则出于志怪小说《汉武故事》。

一草怀梦李夫人　红颜未曾老死时/55
【百科名片】孝武皇后李氏，西汉人，倡家出身，父母兄弟妹均通音乐，都是以乐舞为职业的艺人，由平阳公主推荐给汉武帝。李氏被封为夫人，生汉武帝第五子刘髆（昌邑王），后追封为皇后。

万花丛中悠然过　片叶已沾夏姬身/61

【百科名片】夏姬，春秋时期郑穆公的女儿。春秋时期有名的美女，因嫁给陈国的夏御叔为妻，故称夏姬。后夏御叔死，夏姬由于貌美非常，多位诸侯、大夫迷恋其姿色，由此引出一连串的历史事件，号称杀三夫一君一子，亡一国两卿。

恋母癖　癖的是人生冷暖/68

【百科名片】恭肃贵妃万氏（公元1428年—公元1487年），小名贞儿，明宪宗朱见深之宠妃。明宪宗即位时，万妃已经三十五岁了，成化二年，生一皇子，封贵妃，后皇子早夭。逝于成化二十三年，谥曰恭肃端慎荣靖皇贵妃，葬天寿山。

玉体横陈处　小怜实堪怜/74

【百科名片】冯小怜，北齐后主高纬的淑妃，有姿色，擅琵琶，工歌舞；原是皇后穆黄花身边的侍女，后跃上枝头成凤凰，集三千宠爱于一身。她的娇媚与荒唐，使北齐帝国遭到覆亡的命运。

旧欢如梦　悲催唐婉/80

【百科名片】唐婉，字蕙仙，南宋人，生卒年月不详。陆游的表妹，陆游母舅唐诚之女，自幼文静灵秀，才华横溢。她也是陆游的第一任妻子，后因陆母偏见而被拆散，也因此写下著名的《钗头凤》（世情薄）。

鱼玄机　参一生参不透情感的玄机/84

【百科名片】鱼玄机，晚唐女诗人，初名鱼幼薇，字蕙兰。姿色倾国，天性聪慧，才思敏捷，好读书，喜属文。咸通初嫁于李亿为妾，被弃。咸通七年进咸宜观出家，改名鱼玄机。后因打死婢女绿翘，为京兆温璋判杀。

非烟一般消失的爱情　不解释/88

【百科名片】步非烟，也作步飞烟，唐懿宗时期临淮武公业之爱妾，因媒妁所欺嫁于武，容止纤丽，若不胜绮罗。善秦声，好文笔，尤工击瓯，其韵与丝竹合。因与邻居私通，被武公业鞭打至死。

宿瘤女　不哗众照样也取宠 /94

【百科名片】宿瘤女，战国时齐国东郭采桑之女。齐闵王出游至东郭，百姓尽往观之，唯宿瘤女采桑如故，王召问之，遂立为后。正史中记载："君子谓齐瘤女通而有礼。"

掩鼻一计生郑袖　红袖秉烛不添香 /98

【百科名片】郑袖，春秋时期楚怀王熊槐的宠姬，美貌而心妒，性聪慧。是中国信史早期具有代表性的美女，她干预朝政，收受贿赂，放走张仪，令楚国终至"兵挫地削，亡其六郡，身客死于秦，为天下笑"。

横波一顾八艳首　秦淮往事真爱有 /104

【百科名片】顾横波（公元年1619—公元1664年），明末清初人，本名顾媚，字眉生，又名顾眉，号横波，又号智珠、善才君，亦号梅生，人称横波夫人，秦淮八艳中地位最显赫的一位，受诰封为一品夫人。

越姬一越　飞越沧海成蝴蝶 /109

【百科名片】越姬，春秋时周楚昭王姬姒氏，生卒年不详，越王勾践女。昭王与蔡越二姬游而乐，约同生死，蔡姬愿从，越姬未之许。及王病危，越姬请以身祷。先驱狐狸于地下，王止之。越姬曰，昔者妾虽不言，心已许之矣，妾闻信者不负其心，义者不虚设其事，妾死王之义，不死王之好也！遂自杀。

秋后团扇班婕妤　痴情总有自伤赋 /114

【百科名片】班婕妤（公元前48年—公元2年），西汉女辞赋家，是中国文学史上以辞赋见长的女作家之一。初为少使，立为婕妤，《汉书·外戚传》中有她的传记，现存作品仅三篇，《自伤赋》《捣素赋》《团扇歌》。

天厌的南子　走私的后妃 /121

【百科名片】南子，卫国卫灵公夫人，原为宋国公主。据《左传》推断，南子当生于昭公五年左右(小灵公三岁)，嫁给卫灵公时应为昭公二十二年，如《吕氏春秋》无误，南子应卒于定公十七年之前。

徐娘半老犹多情　半面妆容伤一生/128

【百科名片】徐昭佩，南朝梁元帝萧绎的正妻，公元517年12月，被迎娶为湘东王妃。婚后，生世子萧方等与益昌公主萧含贞。公元554年（南朝梁元帝太清3年），徐妃投井身亡，被草草埋葬于江陵的瓦官寺旁。

胡天胡地胡皇后　雷人雷语雷北齐/134

【百科名片】武成皇后胡氏，北齐武成帝高湛的皇后。生二子，高纬、高俨。公元565年6月7日高湛逝世，其子高纬即位，史称后主。公元577年，北齐灭亡后，胡氏入北周，死于隋文帝执政的开皇年间（公元581年2月—公元600年12月）。

西泠之冷　冷不过小小红颜薄命/140

【百科名片】苏小小，生于公元479年，南齐时钱塘名妓，传说她与一个叫阮郁的豪门公子，相爱得轰轰烈烈。十九岁时苏小小因为相思而感染上风寒，加上她从小就有咯血病，不久便香消玉殒。杭州西湖有苏小小墓。

人间亦有痴如我　岂独伤心是小青/144

【百科名片】冯小青，名玄，字小青。明朝扬州（今属江苏）人。嫁杭州豪公子冯生为妾，讳同姓，仅以字称。工诗词，解音律，为大妇所妒，徙居孤山别业。亲戚劝其改嫁，不从，凄怨成疾，命画师画像自奠而卒，年十八。

寇白门

寇家姊妹总芳菲,十八年来花信迷,今日秦淮恐相值,防他红泪一沾衣。丛残红粉念君恩,女侠谁知寇白门?黄土盖棺心未死,香丸一缕是芳魂。

花蕊夫人

君王城上竖降旗，妾在深宫那得知？
十四万人齐解甲，更无一个是男儿！

汉高皇后

父识英雄婿沛公，家因骄横血兵锋。
始知善相元非善，不是兴宗是覆宗。

卓文君

皑如山上雪，皎若云间月。闻君有两意，故来相决绝。今日斗酒会，明旦沟水头。躞蹀御沟上，沟水东西流。凄凄复凄凄，嫁娶不须啼。愿得一心人，白头不相离。竹竿何袅袅，鱼尾何簁簁。男儿重意气，何用钱刀为。

王妵像一只暗夜里的蜘蛛，正悄无声息地编织着属于自己的天罗地网。

孝武皇后李氏

北方有佳人,绝世而独立。一顾倾人城,再顾倾人国。宁不知倾城与倾国,佳人难再得。

夏姬

夏姬貌美非常，多位诸侯、大夫迷恋于其姿色，由此引出一连串的历史事件，号称"杀三夫一君一子，亡一国两卿"。

恭肃贵妃万氏

在活了今天不知道还有没有明天的日子里，在惶惶不可终日的氛围中，唯有这个女人，不理政事风云变幻，陪在他的身边，虽然她不知道他究竟还能活多久。

冯小怜

一笑相倾国便亡，何劳荆棘始堪伤。小怜玉体横陈夜，已报周师入晋阳。巧笑知堪敌万几，倾城最在著戎衣。晋阳已陷休回顾，更请君王猎一围。

红颜控

唐婉

世情薄，人情恶，雨送黄昏花易落。晓风干，泪痕残，欲笺心事，独语斜栏。难！难！难！人成各，今非昨，病魂常似秋千索。角声寒，夜阑珊，怕人寻问，咽泪装欢。瞒！瞒！瞒！

鱼玄机

羞日遮罗袖，愁春懒起妆。易求无价宝，难得有心郎。枕上潜垂泪，花间暗断肠。自能窥宋玉，何必恨王昌？

步非烟

生既相爱,死亦何恨!

宿瘤女

采桑女，项如罂，受教采桑，不受教观大王。大王聘之居中榜，旧衣不换新衣裳。采桑女，项如罂，宫中掩口笑喤喤。尧舜桀纣陈兴亡，中宫笑口惭且惶。

红颜控

郑袖

魏姝信郑袖,掩袂对怀王。一惑巧言子,朱颜成死伤。行将泣团扇,戚戚愁人肠。

顾横波

识尽飘零苦，而今始得家。灯蕊知妾喜，转看两头花。

越姬

楚国越姬,心已许之。王病自杀,不负心期!

班婕妤

新裂齐纨素，鲜洁如霜雪。裁为合欢扇，团圆似明月。出入君怀袖，动摇微风发。常恐秋节至，凉飚夺炎热。弃捐箧笥中，恩情中道绝。

南子

夫人在絺帷中。孔子入门，北面稽首。夫人自帷中再拜，环佩玉声璆然。

徐昭佩

地险悠悠天险长，金陵王气应瑶光。休夸此地分天下，只得徐妃半面妆。

武成皇后

沉沦在烟花巷中,身份已低入尘埃的胡太后,却从心里恣意地开放出欢乐的花朵来!

苏小小

妾乘油壁车，郎跨青骢马。何处结同心，西陵松柏下。

冯小青

冷雨幽窗不可听，挑灯闲看牡丹亭。人间亦有痴如我，岂独伤心是小青。

弃妇不弃情　盛况秒杀寇白门

【百科名片】寇湄，字白门，明末秦淮名妓，以侠义多情而著称。寇湄一生颇富传奇色彩，名噪秦淮。受朱国弼冷落，又从扬州某孝廉韩生，后为韩生所弃，复还金陵，最后不幸流落乐籍病死。

（一）

寇白门是一个女人，这个毋庸置疑。

寇白门是一个年轻又颇有姿色的女人，这点从她能跻身秦淮八艳就可证明！

她是金陵秦淮八艳之中最年轻的一位。

连大名鼎鼎的诗人郑板桥都不惜笔墨，用"白门娟娟静美，跌宕风流，能度曲，善画兰，相知拈韵，能吟诗，然滑易不能竟学"来描述寇白门。

作为名妓，别的科目寇白门都及格，唯独圆滑这一门她却挂了科。

不过，这些都无所谓了。

因为名妓寇白门马上就要毕业了，她将在今晚离开这个推杯换盏、斛觥交错的烟花之地。

女人都渴望爱情、渴望婚姻，渴望自己漂泊不定的感情有个温暖的港湾可以归依。

名妓寇白门也不能免俗。

一直以来，寇白门频繁地赶赴名目繁多的豪门盛宴，在相熟或不相熟的宾客之间周旋，其实她早就厌倦了这种看似风光无限的奢靡生活。

虽然"秦淮八艳之一"这个名号很耀眼，达官贵人们对寇白门也如众星捧月，万千宠爱，但作为女人，寇白门最终宁愿为一根红烛放弃整片星空！

这根红烛就是朱国弼。

（二）

朱国弼是明朝声势显赫的功臣"保国公"。崇祯十五年的暮春，朱国弼骑着高头大马，带着差役浩浩荡荡地巡逻钞库街时，风姿绰约、容貌冶艳的寇白门把一汪秋波漫向在大街上鹤立鸡群的朱国弼！刹那间，见过风姿各异的美人的朱国弼，被倚在窗前左顾右盼的寇白门一眼秒杀了！

男女之间的情意便在两人眼神的含情脉脉中天雷勾动地火，一番眉来眼去、柔情蜜意之后，朱国弼决定给寇白门一场闪亮的婚礼。

还有什么甜言蜜语比婚礼更能打动寇白门的心呢？

婚礼是男人给女人的最好承诺！

朱国弼将在今晚为寇白门精心打造一场超奢华、超浪漫又极具创意的闪亮婚礼！

若明末清初时能申请吉尼斯世界纪录的话，这场奢华的婚礼绝对可以全票入围！

豪华加长宝马、浪漫欧式风格？朱国弼若知道这些就要笑了，那笑里应该充满奚落，还应该暗藏有潜台词，奢华有多奢？豪华有多豪？浪漫有多浪？

的的确确，这些统统都比不上他为寇白门量身打造的中式风格奢华浪漫版婚礼！那真是盛况空前，举世无双！

（三）

寇白门描匀了眉，涂红了唇，盘起了发髻，披上了红嫁衣。

她将要脱离乐籍，踏出这表面热闹、内里空虚的烟花之地了。

为一根红烛放弃整片星空，这是一个多么卑微的愿望！

天从人愿了，朱国弼给予她的不只是一根红烛，而是五千根！

从武定桥开始，一直到内桥的朱府门前，整整齐齐地肃立着五千名手执红灯笼的士兵！每个灯笼里都有一根红烛伴随着寇白门的心微微颤动，秦淮河被那五千烛光映红了波澜，金陵城的月亮因那五千烛光失去了颜色，整个南京城都被这场极尽奢华与浪漫的婚礼秒杀了！

任何人的婚礼都在朱国弼安排的五千名士兵、五千根红烛之下黯然失色！

朱国弼不但能挪用公家的款，借骑公家的马，并且能动用公家的五千人。

这种实力让当代的贪官们惭愧吧？

让别人比不上的，除了实力，还有这场"前无古人，后无来者"的浪漫婚礼！

这场盛况空前的婚礼是我寇白门的！寇白门的心，彻底沦陷了！

一场婚礼，朱国弼满足了寇白门心中对浪漫爱情的一切幻想和渴望，更秒杀了秦淮河畔的无限风流！

欢欢喜喜出嫁的寇白门哪能想到，她正从那个表面热闹、内里空虚的烟花地，踏入朱国弼带给她的表面浪漫、骨子里冰冷的婚姻里。

（四）

投入大，消耗快，似乎也适用于男女之间的爱情。

那天婚礼上的五千红烛，似乎燃尽了朱国弼对寇白门的热情。

新婚过后不久，朱国弼对寇白门很快冷淡了。

朱国弼比演员更有表演天分，比导演更具导戏潜质！他用与寇白门的婚姻，在金陵人面前上演了一场超级婚礼秀。

婚礼散场，观众离席，绮丽的寇白门也不再是主角金陵名妓，已收编为他众多妻妾中普通的一员了。

于是，朱国弼褪去了戏服，又要重新流连于烟花之地，去物色新的女演员了。

似乎只有新鲜的感情，才能激发出他潜在的浪漫情怀。

似乎只有不停地追逐女人，才能充分演绎他的爱情。

人生若只如初见，朱国弼的人生都在初见里演绎。

当初倚在烟花地的窗前，风姿绰约、容貌冶艳的寇白门，已经被他招招摇摇地娶到了家里，该上台谢幕了。如歌手小昔米在《西厢记》里唱的，"缠绵的花腔消散在夜空，落幕的舞台唤不醒千年旧梦"！

谢幕后的寇白门洗去了胭脂，却不知何去何从。

她不再勤梳发髻，也不再对镜贴花黄。

名妓寇白门出嫁前在钞库街描眉画唇，是因为有无数宾客为她捧场。

嫁进保国府还没几天，朱国弼却已经连看都不看她一眼了。没了观众欣赏，花容月貌为谁妍？难不成要她涂上胭脂终日活在戏里？

朱国弼将寇白门像非卖品一样摆在家里不闻不问。

曾经风光无限的寇白门，如今像仓库角落里无人问津的塑料模特，身上布满了灰尘。

（五）

寇白门只好选择自己对自己问津，问津朱国弼与她结婚的那个夜晚——秦淮河上那场盛况空前的婚礼秀。

虽然她经常想起的不再是温暖颤动的五千烛光，而是那一弯孤单冷清的残月。

如果没有后来那场历史的巨变，也许寇白门一生的回忆都将纠缠在这场如烟花般只绚烂了一瞬间的婚姻里。

但那只是如果，"如果"确实是个很残酷的词儿！

命运之神慢慢向她展开邪笑，并一点一点地露出了獠牙。

公元1645年，清军南下。

显赫一时的明朝"保国公"朱国弼也保不住国了，他"识时务者为俊杰"，投降了清朝政府，昔日的达官贵人朱国弼被清廷软禁，失去了自由和生活来源。

失去了自由是小事，但不能失去生活来源！

下岗后的朱国弼决定想一个用以维持生计的创收方法。

朱国弼终于想到了，这个办法就是清理掉家里的富余人员，有点类似于现今各单位的精简分流——看来，"历史对现在具有借鉴作用"这句话真是没有说错！

朱国弼应该是最早不遗余力地执行买断政策的政府官员，他家中最富余的就是他的妻妾，过去妻妾成群，现在养不起了。

他决定卖掉老婆换银子！这样的买断估计也是天下最黑的买断！

"保国公"朱国弼连国都保不了了，大难当前，当然也不会保老婆！

朱国弼的妻妾都是花了银子娶回来的，现在当然要再换回银子！

以前只听说过卖笑求生的女人，老天长眼，让小消我终于看到了个卖妻求生的男人。

朱国弼的这一做法让我想起了当代著名导演陈凯歌的名言——做人，不能太无耻！

当寇白门得知"太无耻"的朱国弼要将老婆们卖掉，而她也将是其中一员时，对朱国弼的爱情梦想彻底幻灭了。

寇白门找到朱国弼，面无表情地说："你放我走吧！你当初将我从青楼赎出来，也不过百余两银子，一个月之后，我将还你二万两银子！"

寇白门决定回到她出嫁前的烟花之地！

（六）

朱国弼思量再三，终于还是依寇白门的意思，放她走了。

其实朱国弼放飞的只是她许诺"将带回二万两银子"赎他的希望！

孤身一人回到钞库街的青楼里时，寇白门内心百感交集。

几年前，寇白门出嫁时，她以为自己再也不会回来了，她将永远脱离乐籍，脱离这个风月场所。

可是兜兜转转了一圈，她又回到了原地。生活跟她开了个极大的玩笑，教她学会了画圆！谁让她这一科老不及格呢！

问题是，会画圆还是不能等同于"圆滑"。

她只不过是个烟花女子，一生都逃不脱"风尘"二字。

当年在姐妹们艳羡的目光中嫁出去的是名妓寇白门，如今在姐妹们同情的目光中回来的是弃妇寇白门。

寇白门又重新擦上了胭脂，画俏了眼角。

推杯换盏、觥筹交错、虚情假意的交际生活，对寇白门来说既是恍若隔世，又似乎从未曾远离。

命运有时就像交际场上的杯中苦酒，不愿饮，却摆脱不掉。

寇白门勤奋地工作，努力地周旋，终于在欢场姐妹的帮助下，凑齐了二万两银子。

寇白门带着银子，奔赴京城，像先前承诺的那样，将朱国弼赎了出来！

在历史上，整个京城也被寇白门这一豪举秒杀了！

(七)

朱国弼再面对寇白门时,究竟是怎样的心情?

当初,朱国弼以百余两银子将寇白门从青楼中赎出来时,寇白门以为他能赎出她的未来,但朱国弼没有。

现在寇白门以二万两银子,却赎出了朱国弼的未来。

寡情的朱国弼在这一刻一定被寇白门感动了,当然,他也有可能是被寇白门其实是棵摇钱树的事实震惊了。

这一刻,他终于知道,究竟谁才是真心对他好。

朱国弼要求与寇白门和好,重续旧情。

寇白门说:"当年你用银子赎我脱籍,如今我也用银子将你赎回,从此我们两不相欠了!"

寇白门用二万两银子买断了她对朱国弼的情义,也买断了朱国弼留在她心里那场绚烂浪漫的五千红烛的婚礼。

朱国弼的五千红烛和寇白门的情深义重相比,谁比谁更浪漫?谁比谁更奢华?

曾经有一份真情放在我的面前,我没有珍惜,等到失去时才后悔莫及。

当朱国弼望着寇白门寂寞离去的背影时,他是否有过这种沉重的感悟!

(八)

寇白门回到金陵后,重金赎前夫的事迹被传开了,人们都称她为"女侠"。

女侠寇白门却并不豪迈,她"筑园亭,结宾客,日与文人骚客相往还,酒酣耳热,或歌或哭,亦自叹美人之迟暮,嗟红豆之飘零"。

日子就在寇白门"或歌或哭"中飘零着,寇白门就在飘零的日子里迟暮着。

寇白门也不是没有想过逃离乐籍,脱离这烟花之地,去寻找另一份真情。

她在朱国弼之后,也曾努力去追寻。

期间,寇白门又嫁过扬州的某个孝廉,但这第二段婚姻更短暂。

短到以致寇白门都极少和外人提及。

她在嫁给孝廉之后，还是再次回到了金陵的青楼。

经过这次婚姻，她似乎已认命了，她就是个烟花女子，绚丽之后是繁华落尽的寂寞。

美国总统肯尼迪的母亲曾说过："人们都说时间可以治愈一切伤口，我可不这么认为。伤口是一直存在着的，随着时间的流逝，出于保护，伤口被覆盖上疤痕，疼痛随之减轻，但这一切永远也不会消失。"

寇白门心中的伤口永远也不会消失。

她似乎并没有忘记，还从没有拥有过一段完美的感情，这对她的一生来说，是一个不可忽视的残缺，是她无法言说的忧伤。

有些人，不是你想留就能留；有些情，不是你想要就能得到。

（九）

岁月如梭，曾倚在墙头秒杀朱国弼、清艳绮丽的寇白门，已经老去、枯萎了。

但她的心似乎并不曾老去。

她还没找到一个真心爱她的人呢！怎么能老去呢？

寇白门唤住年轻的韩生，躺在床上向他频频招着手。

韩生，来呀！我多么渴望男人发自内心的真情啊！我还从未拥有过，你能给我吗？

寇白门不仅老了，她也病糊涂了。

她病得不相信自己的美貌已经枯萎，年华已经逝去，她以为韩生看到的还是自己年轻时候的娟娟静美，跌宕风流。

其实在韩生眼里，她只不过是个容颜老去的病中乞丐，在可怜地乞求着已不属于自己的爱情。

韩生闪了，闪到了年轻的婢女琴儿的房间里。

寇白门听到了韩生与琴儿的调笑，大哭着骂男人都是负心禽兽，她恨不得咬碎他，啃他的骨！

寇白门不再是当年众星捧月的秦淮名妓了。

她连个婢女都不如！

寇白门是弃妇，她从未得到过男人的一份真爱！

这是为什么？为什么！

寇白门在憾恨中病情渐渐加重，很快病逝了。

她死在了一直想脱离的乐籍中，把名字长久地留在了青楼这个烟花之地。

这是寇白门逃不脱的轮回！

临死之前，寇白门仿佛又回到了某个华丽的夜晚，她看到热情的五千红烛颤抖着尽数熄灭了，徒留下一地冰凉清冷的白月光。

她的不弃情，秒杀了那晚的月光。从此之后，象征女性柔美的月光再也没了温度，直到如今！

移情可别恋　移花不接木

【百科名片】花蕊夫人，后蜀皇帝孟昶的贵妃，五代十国时期女诗人。幼能文，尤长于宫词。得幸蜀主孟昶，赐号花蕊夫人。其《述国亡诗》亦颇受人称道，实难得之才女也。

（一）

（八卦新闻报道　狗仔队讯）顶着"港台第一美女"的称号在演艺圈行走20余年，林青霞终于在40岁的时候找到了归宿，嫁给港商邢李源。据传邢氏资产约40亿元，当时在美国举行的婚礼以巨额耗资而闻名。泳池里的5000枝玫瑰至今被人津津乐道。当人们看到林青霞在婚礼上的灿烂笑靥，似乎忘了她与倜傥潇洒的秦汉曾经的恩爱，而身边比她还矮两厘米的邢老板望着林青霞的深情眼神，也让大家对林青霞的选择放了心。

40亿资产，5000枝玫瑰，女人们看到这些数字会不会羡慕嫉妒恨呢？小消我抱着吃不到葡萄说葡萄酸的心理潇洒地回答：我才不会呢！因为早在五代十国的时候，就已经有人这么做了，并且比邢李源做得更到位！

把"鲜花送美人"这种泡妞方法用到极致的人，就是后蜀的那个叫孟昶的蜀主，听说他极宠爱其后妃——花蕊夫人。孟昶得知花蕊夫人喜欢牡丹花，除了在自己的宫中建了座叫"牡丹苑"的花园，还利用蜀主特权，命令官员民众在家中都要种植大量的牡丹花。

小消我妄自揣测了一下，那些购种费极有可能是由政府部门报销。不仅如此，贵为君主的孟昶还成功地客串了一回预言师：洛阳牡丹甲天下，今后必使成都牡丹甲洛阳！

人家洛阳纸贵，他这一声令下，是成都花贵了！贵有贵的好处，托花蕊夫人的福，群臣们也可以时不时收到请柬，有机会观赏一下美人如花却不隔云端的花蕊夫人。那真是叫好又叫座，赏花盛会就在这时候转变成赏美女盛会了，而且野火烧不尽，春风吹又生，一直延续至今，成愈演愈烈之势！

能用满城的牡丹花衬托的是怎样的女人？历史有如下描述：

这个女人是出得厅堂的！"花不足以拟其色，蕊差堪状其容；冰肌玉骨，清凉无汗"形容的就是这个女人的容貌。这个女人是下得厨房的！孟昶挑食，她就在菜肴上费心思，其中流传的菜谱之一，所选材料：净白羊头1份，红姜若干，腌菜罐1个，石头若干，高档酒一瓶。做法：

一、红姜洗净，把净白羊头煮至八分熟后紧紧卷起来；

二、把卷起的羊头放在腌菜罐里用石头压实；

三、倒入高档酒，注意要完全淹没，密封待取；

四、待酒味入骨后切成薄片待食，食之风味无穷。

人家那么早就懂得"要想留住男人的心，先要留住男人的胃"这句至理名言了，这种历史的先见之明是值得小消我深深佩服的。

千万别以为这是每个花瓶女都略懂的小把戏，除了这些，花蕊夫人还很有才情，尤其擅长写诗词。她的诗清而绮，香而艳，被签约在由孟昶做老总的出版社旗下，由公司大力包装发行，流传至今的《花蕊夫人宫词》有100多篇，创出了自己独树一帜的文化成就。

花容月貌、才情兼备，还很会体贴丈夫的女人，无疑是男人们的梦中情人。花蕊夫人算是得上天眷顾，全赶上了。

生活在21世纪的美女林青霞，因为网络的普及让大家对她的所有情况了如指掌，除了老公邢李源偶尔闹几次似真非真的绯闻，小日子基本上是波澜不惊。而五代十国的花蕊夫人，她的命运又是怎样的呢？

神秘面纱有待揭开！

（二）

花蕊夫人是多愁善感的。她住在用楠木为柱、沉香作栋、珊瑚嵌窗、碧玉为户、四周墙壁都用数丈开阔的琉璃镶嵌的水晶宫殿里，连溺器都是用七宝镶嵌而成。花蕊夫人却在心里掠过一丝忧伤，生怕幸福的笑声太大引起上天的妒忌，"屈指西风几时来，只恐流年暗中换"。欢乐总是太短，寂寞总是太长。挥之不去的，是雾一样的忧伤，挽留不住的，是清晨一样的时光。

女人的直觉往往很准，花蕊夫人更是一语成谶。在孟昶事业进展得太顺利，日子过得很惬意，思想意识松懈时，花蕊夫人屡劝丈夫要整治庸、懒、散的现象，孟昶却认为自己吃着皇粮，无需担忧未来。终于在宋太祖乾德二年十一月，蜀地遭到宋太祖赵匡胤的猛烈进攻，乾德三年元宵节那天，孟昶投降，昔日的蜀主和他的宠妃沦为俘虏。据史书记载，在属地交接会上，新上任的领导赵匡胤，让花蕊夫人以亡国之人的身份发表对于亡国的看法，花蕊夫人以"君王城上竖降旗，妾在深宫那得知？十四万人齐解甲，更无一个是男儿！"的诗发表了意见，赵匡胤领导表示很满意。

七日之后，花蕊夫人的前夫孟昶暴疾而终。

死因，不详！

初步排除由苏丹红、瘦肉精等慢性毒药致使其身亡的可能性。总而言之，属于非正常死亡！

史书就这样对广大民众交了差。外界有传言孟昶是赵匡胤下毒杀害的，目的是为了占有花蕊夫人。果然是美女不愁嫁，何况是如花似玉的花蕊夫人。但这是人家领导的家务事，作为平民百姓的咱们也不能乱嚼舌根，不然容易遭到跨省抓捕的！

这个流言倒让我想起金庸的一部武侠小说《射雕英雄传》，里面有个虚构的美女叫包惜弱，因长得太漂亮被金人高层完颜洪烈看上，用尽心计，杀掉包氏丈夫杨铁心，夺得美人归。完颜洪烈的爱是占有，是自私，是不择手段。柔顺的包惜弱遇到这样的男人，便如一粒棋子般被人操控着。包惜弱只是小说中虚构的人物，但花蕊夫人却是真实存在的历史人物，她们的命运何其相似！抑或包惜弱的原型就是花蕊夫人吧？

活色生香的花蕊夫人啊，史书就那样寥寥数语枯燥无味地交代了她的改嫁易夫，女人在历史的记载里变成了可以随意转换主人的玩物。赵匡胤究竟是被花蕊夫人的容貌闪了眼睛，还是真心被花蕊夫人的才情折服，又或是纯粹想霸占前任领导老婆的怪癖作祟？

这些，我们都不得而知。

才貌双全的花蕊夫人似一具没有思想的木偶一般，被命运操纵着，或者她也审时度势了吧。生活就像是被强奸，审时度势了又如何，你不能站着反抗，那就乖乖躺下来享受吧！她一定深深明白这个道理。美人如浮萍一般，随波逐流无定处。

这样无可奈何地被操纵似乎离我们很远，又似乎很近。总之，花蕊夫人改嫁了，又组建了新的家庭，开始了她新的后妃生活。

（三）

古代的狗仔队们实在是太不给力了，孟昶的死因不详也就算了，就连花蕊夫人的死因也报告不详。但茶余饭后的谈资怎么舍得让美丽的女人寂寞呢？

有人说花蕊夫人因介入宋廷权力之争，触犯了太祖弟弟赵光义的利益，在一次打猎时，被赵光义一箭射死；另一种说法很琼瑶，说赵光义也爱上了花蕊夫人，遭花蕊夫人拒绝后，赵光义因爱生恨，把花蕊夫人一箭射死！

但我更愿意相信另一则民间传闻。

有一天，赵匡胤进入花蕊夫人的寝室，发现她正对着一幅男子画像暗自垂泪。赵匡胤醋意大发，问这个野男人是谁？花蕊夫人是有才情的，随口轻描淡写撒了个小谎说这是宜子神，希望能够为你开枝散叶，早生贵子！把赵匡胤着实感动了一把。

花蕊夫人真是当时的偶像级明星啊，连现代女明星都拿她当榜样，动不动也会对着镜头撒个小谎什么的面不改色心不跳。后来，这幅男子画像就被拷贝到了"Fans"家中，也被百姓们侍奉祭拜，祈求子嗣。再后来，赵匡胤到底听说了原来这幅画上的男子是花蕊夫人的前夫孟昶。

世上没有不透风的墙，何况还有更多居心叵测的小人！

他们说，花蕊夫人是画了一幅画借以思念前夫呢！贵为真龙天子的赵匡胤丢人丢到家了，老婆的心不在自己身上已经让他觉得很没面子了，情敌的画像还被当成神仙挂到了千家万户。于是，龙颜大怒之下，花蕊夫人被打入冷宫，最后赐死。

也只有这个传闻，才让我感觉到花蕊夫人是个有血有肉有感情的女人，也许你能触摸到我的每一寸肌肤，但是你触摸不到我的心！

"鱼说，你感觉不到我的泪，因为我在水里；水说，我能感觉到你的泪，因为你在我的心里。"花蕊夫人就这样对着孟昶的遗像，用悄无声息的泪水悄悄地释放着内心的思念！

(四)

也许,作为才貌双全的名女人,花蕊夫人的情感故事不像林青霞的爱情那般轰轰烈烈。她的人生更像大多数的普通人一样,被生活连累,被时间冲淡,就像周华健歌里唱的:"花的心藏在蕊中,空把花期都错过。你的心忘了季节,从不轻易让人懂。"但这些已经不重要了,千古艰难唯一死。

花蕊夫人的是是非非已在时空变迁中消失了,但她的诗词,至今被人默诵。美人已逝,才情永存。

回到21世纪,林青霞前段时间的处女作《窗里窗外》出版了,她在采访中声明:"以后,请叫我作家林青霞!"就如同百度百科中的花蕊夫人词条,她的光环并不是帝皇的宠妃,而是五代十国的著名女诗人。

小三难斗腹黑正室　真爱无敌最终成魔

【百科名片】吕雉（公元前241年—公元前180年），汉高祖刘邦的皇后，高祖死后，被尊为皇太后，是中国历史上有记载的第一位皇后和皇太后，又称为汉高后、吕后、吕太后。同时，吕雉也是封建王朝第一个临朝称制的女人，掌握汉朝政权长达十六年。

（一）

随着电视剧《蜗居》的热播，"小三"这个名词横空出世，备受瞩目。如今，正室与小三的战火已经波及全球各地，且以星火燎原之势一发不可收，放眼望去，婚姻情感的世界里满目疮痍。

受到伤害的正室们团结起来了！组成"诛三"联盟，进行网络讨伐了！她们要用道德的口水淹死敌人，用世人的眼光鄙夷她们！

小三们不甘示弱地前赴后继奔涌而来，她们扛着真爱无敌的大旗大举入侵。原来小三也有一个军团，这一刻，她不是一个人在战斗！

正室们的悲痛控诉博得世人的无限同情：我把青春献给了他，陪他吃苦，为他受累，给他生儿育女、操持家务……现在他飞黄腾达了，就移情别恋！不想想孩子吗？不记得我们曾经共同拥有的一切吗？狐狸精，为什么要破坏别人的家庭？！

小三们也委屈万分、痛说心声：真爱有错吗？我只想好好地去爱一个人，去珍惜他！真心相爱的人却不能在一起，成心阻拦的那个才是第三者！为了爱，我宁愿背负骂名，为了爱，我勇敢打破世俗，真爱无敌！

眼泪和嘶喊，痛苦和挣扎，抓痕和伤疤。

女人何苦为难女人？这一问实在有点诘苦！翻开历史，小消我才知道，女人之间的战争竟然可以追溯到几千年前，其中，最惨烈最悲壮的莫过于吕雉和戚夫人。

而且，她们俩谁也没有成为真正的赢家！

（二）

那些年的吕雉，还非常温顺。

待嫁的她很听父亲的话，父亲说那个叫刘邦的男人霸气外露，非常犀利，虽然有个私生子，却是只潜力股。家教很严的深闺小姐吕雉，就温顺地嫁给了刘邦，给别人的儿子当了后妈。

出嫁从夫，吕雉侍奉公婆，任劳任怨，还为刘邦生了一儿一女。不论刘邦怎样不务正业，就算刘邦在外打工四年杳无音讯，她也始终恪守妇道，兢兢业业，贤惠持家。

后来丈夫在外面犯了事，吕雉恨铁不成钢也好，恨自己有眼无珠也罢，还是代替丈夫去坐了牢，且一坐就是两年。史书上没有详细记载吕雉在牢中的经历，但我想不止是在潮湿的环境里吃硬饭、啃窝窝头这么简单，或者有牢卒陪她玩躲猫猫什么的也不奇怪！

由此可推断，吕雉应该是个内向的、言语不多的女子。早期的吕雉就这样温顺贤惠地留在了我的印象里，沉默寡言，颠沛流离，不离不弃，对刘邦的情义是——你见或是不见我，情就在那里，不来不去。

可是，现实中太多太多的例子证明，女人太贤惠，是没有好结果的！

（三）

出狱归来的吕雉，不仅没能得到丈夫一个安慰的拥抱，连一句感谢的话语和一个关怀的眼神都没有。丈夫已经是个有头有脸的人了，她甚至连哭泣和委屈都无法出口，众目睽睽之下啊！

在刘邦走了狗屎运，谋到皇帝这个官职后，他感谢天、感谢地、感谢命运赋予的神奇，居然还不忘感谢菩萨赐予他的最爱——戚夫人，唯独没有感谢患难与共的吕雉。夫君啊！你如此忘情负义为哪般？这让为刘邦吃尽了苦头的吕雉情以何堪！

当戚夫人日夜随侍刘邦之侧的时候；当戚夫人连吃饭都要刘邦抱着的时候；当戚夫人挥袖跳舞，刘邦忘情唱和的时候；当刘邦明确宣扬更喜欢戚夫人所生的儿子的时侯，可怜的吕雉选择了沉默。

在与刘邦分居的日子里，她已学会了独立；在充当人质的过程中，她已学会了隐忍。女人的一颗温柔心已磨炼得坚硬，一腔温暖的情已被浇得透凉。吕雉已经知道，在这个世上，男人是不可靠的，只有自己内心的强大才是真正的强大！

吕雉表面虽然不言不语，心中的算盘却已开始打响了。离婚？不，一双儿女怎么办呢？宁愿自己受委屈，也要给儿女留下一个健全的家庭。何况就算是离异再嫁，也找不到比渣男刘邦条件更好的男人了，人家现在可是皇帝，到哪找比他官职更大的人去？

吕雉想到了一个好办法——转移财产！将刘邦的财产转移到儿子刘盈的名下，让小三戚夫人和她的儿子净身出户！

（四）

吕雉开始积极涉足刘邦的企业，狠下心肠，杀韩信、剁彭越，她不在乎外人怎么看待，目标只有一个，就是让儿子顺利接班。她要让企业稳定发展，把属于正室的皇后名分拽牢！铲除掉一切不利于企业发展和儿子继位的因素！

戚夫人急了。她也有儿子啊，母爱是伟大的，戚夫人也要抢夺财产！

戚夫人隔三差五就对刘邦吹枕边风，你什么时候把我们的儿子立为法人代表啊？你不是最爱我吗？怎么这点小事都办不到呢？戚夫人晓之以理，动之以情，苦口婆心，轻声细语，终于，在她的情感攻势下，刘邦一渣到底，下了改立太子的决心。

虎毒还不食子呢，刘邦这一举是禽兽不如了！

然而你以为你是皇帝就不受传统道德的约束了吗？还不等吕雉出来反对呢，就有大臣跳出来反对了，皇上啊，做人，要厚道！

经过吕雉一段时间的缜密策划，儿子刘盈已在企业中站稳了脚跟，吕雉为儿子请来了秘书"商山四皓"，这可是刘邦出高薪挖墙脚请了几次都聘请不到的人才啊！

刘邦作为一个事业型男人，当然是以江山社稷为重了。于是他又回过头去哄戚夫人，并伤感地流下了男儿泪。悲愤出诗人，刘邦甚至还即兴赋诗一首："鸿鹄高飞，一举千里。羽翼已就，横绝四海。横绝四海，当可奈何？虽有弓矢，尚安所施！"吟罢，两个真心相爱的人抱头痛哭。

当戚夫人被明确告知，她永远取代不了正室的位置时，心里的悲凉可想而知，盗用演员范伟小品中的一句话，心里那是拔凉拔凉的啊！

（五）

如果说爱情是甜蜜，是动心，是痛楚，那夫妻之情是什么？在刘邦弥留之际，留在他身边的，不是戚夫人，却是从未受到过宠爱的吕雉。

他们最后的交谈无关过去，无关情爱，只有未来——刘邦把他腹中的江山发展计划，毫无保留地交付给了吕雉，你问我答，毫不隐瞒。一辈子的夫妻情分，最后剩下的是你问我答的默契，你走我送的安宁。

吕雉从未表达过她对刘邦的感情，刘邦在她面前也绝口不提我爱你。也许夫妻之情就是如此，它不似爱情那般炫丽，它是那样沉重，那样黯然，那样不可分割——它被溶化，被打磨，被凝结。也许，它是你握在手中的那块乌金，是倾泻而出的墨水凝在笔端。

戚夫人，你的靠山刘邦惊天动地地走了，你的对手吕雉却悄无声息地来了。

（六）

剃光你的发！穿过你黑发的曾是他的手……
挖走你的眼！这明媚善睐的眸曾勾过他的魂……
熏聋你的耳！这柔软的耳听过他的蜜语甜言……
割掉你的舌！这动听的歌声乱过他的心……
剁去你的四肢！楚舞长袖曾迷惑过他的人……
喝你的血，噬你的骨，千刀万剐，不得超生！

被夺爱的正室们似乎都有这样深切的仇与恨，然而绝大部分人只是敢想，吕雉却做到了。贵为皇后的吕雉也逃脱不了被小三的命运，吕雉对戚夫人是一个绝对理论上的绝杀，吕雉坐稳了正室的宝座。

可怜曾经千娇百媚的戚夫人，一夜之间变成了蠕动的球状物体，惨不忍睹，被吕雉命名为人彘。若早知道会有今天的结局，戚夫人当初对待刘邦该是怎样的心态？

可叹腹黑心狠的皇后吕雉，她无论如何也想不到自己的皇儿刘盈，会在她引领着参观了戚夫人的惨状后，竟一夜长哭，气绝驾崩。

（七）

男人们，看看那个围着灶台转的女人，那个朝九晚五工作的女人，那个陪孩子玩耍的女人，还有那些为你不顾世俗、不问将来的女人，也许，她就是潜伏期的吕后！又或许，她是将来的戚夫人！

历史上这场正室与小三的残酷战争已经拉下帷幕，现实中的战争仍在如火如荼地延续，容我轻轻地问一句，正准备为真爱奋斗的小三们，正准备维护家庭稳定的正室们，正在积极备战的女人们，你们，准备好了吗？

开战之前，听小消我一句忠言，先认真写一遍那个"彘"字！

裸婚卓文君　有情饮水饱

【百科名片】卓文君，汉代才女，西汉临邛（属今四川邛崃）人，与汉代著名文人司马相如的一段爱情佳话至今还被人津津乐道，也有不少佳作流传后世。《白头吟》为其代表作。

（一）

一，二，三，四，五，六，七，八，九，十，百，千，万。

请注意，这不是幼儿数字启蒙，这是一封信！

若是我老公突然把这样一张只写着这些数字的小纸条递给小消我，我一定会觉得这纸条的内容充满了暗示和诡异，我还会像破解达·芬奇密码那样，把数字按3D、七星彩、6+1排列出无数组合，找出规律去买彩票。谁叫我是财迷呢？

但人家西汉的卓文君，智商可比我高多了，其实我更愿相信她是家境好，不用操心柴米油盐酱醋茶，才有此闲心研究这些。她在收到丈夫司马相如寄来的数字信后，马上像福尔摩斯大侦探一样，对信的内容进行了细致的揣摩，入微的分析，迅速理出头绪来，他啰里八嗦地写了一大串数字，唯独缺少一个"亿"，根据谐音谐意推理，不外乎三点，一、是表示没有从前的回"忆"了；二、对我没有"意"思了；三、让我"一"边玩去！

卓文君真不愧是从小就受到良好家教的名媛，她马上从三个"不外乎"中摸透了司马相如的用意，原来这是封纳妾通知书！他变心了！想找小妾了！我估计卓文君心里的哀怨就像那春天里的野韭菜一样疯长，只恨天高丈夫远，不能马上扑过去像掐野韭菜一样，掐断司马相如的纳妾苗头。

卓文君很生气，任谁都可以变心，唯独司马相如你不能变，也不想想当年我是怎样力挺你的！

（二）

卓文君可是西汉时期的名媛，她爸爸是临邛有名的大富商卓王孙。有钱人家嘛，有事没事都会组织朋友们聚聚会、谈谈心、联络联络感情，类似于21世纪的Party，名流们估计开的都是鸡尾酒舞会。西汉时期的party上，虽没有鸡尾酒，但我想套路应该都是差不多的，唱歌、跳舞、乐器之类的才艺表演是少不了的。

客人司马相如就在卓家的某次party表演上脱颖而出了！那天，司马相如仪表堂堂、彬彬有礼，用一把绿绮琴弹奏着《凤求凰》：

凤兮凤兮归故乡，遨游四海求其凰。
时未遇兮无所将，何悟今兮升斯堂！
有艳淑女在闺房，室迩人遐毒我肠。
何缘交颈为鸳鸯，胡颉颃兮共翱翔！

凰兮凰兮从我栖，得托孳尾永为妃。
交情通意心和谐，中夜相从知者谁？
双翼俱起翻高飞，无感我思使余悲。

实在看不出这司马相如还是个闷骚型的才子，写个纳妾通知书弄得那么神秘，唱个求爱歌也这么高深。用白话翻译这首《凤求凰》其实挺劲爆的：凤鸟啊到处飞，为的是追求与它相配的凰；但怎么找都找不到；今天却突然醒悟了，原来她飞到了这厅堂；她就藏在闺房里，快出来吧！别再躲猫猫了，让我们立刻开始这段感情吧！

这火辣辣的情歌让躲在暗处偷窥帅哥的卓文君吃了一惊，司马相如字里行间要告诉她的是：哥唱的不是歌，是寂寞！哥弹的不是琴，是心声！一句话，此刻司马相如在卓文君眼中，就像黑暗中的萤火虫，闪闪发亮了！

(三)

俊男靓女,如干柴遇到烈火般热烈地相爱了,卓文君的父亲卓王孙知道后,却提出了抗议!为啥?女儿卓文君是名媛啊!司马相如算个什么东西?要钱没钱,要势没势,空有一副好模样和好文笔,又不能当饭吃,门不当户不对的事坚决不同意!

虽然女儿卓文君已死过一任丈夫,但也才17岁,模样儿俊俏,就算是个小寡妇,也是寡妇中的极品。就算嫁不出去,为死去的丈夫守一辈子的节,也还能赚个贞节牌坊呢!跟着司马相如能有什么赚头?卓王孙对自家的富家女爱上穷小子的浪漫爱情一点也不感动,反对之声坚决果断,不容商量!

爱情故事讲到这儿,让我想起某卫视近期播出的一场中国达人秀,有个叫喜悦的女大学生,爱上了在校门前摆地摊的张海军,一毕业就跑去跟张海军摆地摊了。可苦了她家里人,辛辛苦苦培养出个大学生,是为了她有个美好的前程,不是让她去摆地摊的!但这喜悦倔啊,偷了户口本就悄悄地和张海军领了结婚证,不顾家人的拼死反对,铁了心的要跟着张海军!直到两人参加了某期中国达人秀,唱了一首《甩葱歌》,才借机秀了一把自己的爱情,虽说两人在舞台上的表演让观众捧腹大笑了一阵,但两人的爱情事迹却是赚尽了观众的眼泪!

喜悦成了21世纪捍卫爱情的"达人",那卓文君无疑是西汉的爱情达人了。

卓文君一不做二不休,在一个连雪花都下得很寂寥的高寒之夜,独自一人跑到司马相如的茅屋里,两人双双——私奔了!这又让我想起了网络媒体上报道的某些双双殉情的男女,你们傻啊?古人都作出楷模了,也不晓得盗版一下!

瞧瞧,卓文君和司马相如私奔起来可是一点都不含糊,人家司马相如带着女朋友直接奔回成都老家去了。

男女私奔,在当代社会,还是被人当成新闻津津乐道的事儿。前不久我就看到过某投资人放弃一切,和某创始人私奔的微博,火得不行!在NNN年前的西汉时期,男女私奔则更是爆炸新闻了,估计不亚于皇帝的驾崩。就这样,豪门名媛卓文君和音乐诗人司马相如私奔的八卦新闻,在街头巷尾沸沸扬扬地传开了。

卓王孙理所当然是怒不可遏,自己的女儿居然做出这种伤风败俗的事,真是丢尽了卓家的脸!但作为父亲,也不忍心将她拉回来浸猪笼,气急败坏的卓王孙跳着脚抛出一句狠话：这丫头太不成器了，我一分钱也不给你！看你们怎么过日子！

这下卓文君可惨了，从小养尊处优的深闺娇小姐，突然一下子，仆人没了，钱也没了，信用卡更没有哇！就剩下个光杆穷丈夫司马相如了，一不小心就成了裸婚的始祖！

老父亲卓王孙打蛇真是打到了七寸，卓文君眼下的处境就像商人没有了周转资金、工人丢了饭碗，咋办？

事是死的，人是活的嘛！卓文君就开动脑筋了，她跑去跟已煮成熟饭的丈夫司马相如商量，咱回临邛吧！父亲不接济咱们，我还有很多亲戚呢，爱情也要有面包吃！司马相如依然发挥了不讲客气的"凤凰男"气概，与卓文君在成都老家饿着肚子游玩了一番后，又奔回了临邛老婆的娘家，找面包去了。

（四）

回到临邛后，两人并没有按原计划去投奔亲戚，有钱的岳父卓王孙更不好意思找。估计两口子回去后还互相谦让了一番，卓文君怎么说也是个千金大小姐，司马相如也是个有骨气的书生，谁都不愿意拉下面子去求人。

没办法，自力更生吧。于是两人决定开酒坊，去卖酒，好歹也是个开始创业的小老板嘛！

就这样，曾经的千金大小姐卓文君脱下锦衣华服，穿上"服务员"的衣服去卖酒，音乐诗人司马相如则坐在门口刷酒坛子！洗涮涮啊洗涮涮，小日子过得不亦乐乎。

有名气就是好啊，这两人浪漫私奔的裸婚故事流传甚广，方圆百里，闻者皆知，名人开的酒馆，人们肯定要去围观了，当然也捎带围观一下卓文君的豪门父亲卓王孙。

围着围着，卓王孙就坐不住了，人民群众的舆论是强大的：看啊，那个是我们临邛的首富卓王孙，他住别墅、养仆人，出有车食有鱼，家里的肉放在门口都烂掉了，却让自己的女儿和女婿在外面劈柴烧火洗酒坛子，这做父亲的太不厚道了，太小气、太苛刻了！

卓王孙关门闭户在家宅了一段时间，可群众舆论的声音还是透过墙壁传了进来，相当于时下的网络暴力啊。老不出门也不是个事，反正他俩已生米煮成了熟饭，不如成全他们算了。卓王孙在心里自我安慰了一番，只好签出支票，算了算了，给你们俩几百个仆人、几百箱嫁妆，别在我这儿开酒馆丢人现眼了！

就这样，司马相如和卓文君一跃变成了富人，又前呼后拥地拖着丰富的嫁妆回成都定居了！

找个有钱的岳父真是好啊！司马相如的境遇，估计让无数男同胞羡慕得口水横流！只是找了个老婆，就一下子从无产阶级跳到了资产阶级。这不，百家讲坛的某教授就对这段看似浪漫的爱情表示了不屑，司马相如这小子纯粹是吃软饭嘛！完全是看人家卓文君家里有钱，有预谋的接近嘛！但您老人家管司马相如是不是吃软饭呢，关键是人家卓大小姐喜欢！

软饭硬吃，这叫做！

（五）

两口子苦尽甘来，终于过上了有爱情有面包的幸福生活。

这人一旦开始转运，好运气就跟着连绵不绝。因为司马相如的名气太大（不过我估计是两口子的爱情事迹影响更大），竟然传到了汉武帝那里。汉武帝听说男主角司马相如很有才，于是召他到皇宫应聘。

司马相如是谁，人家空手都套到过老婆，还怕这区区的笔试面试？于是理所当然、毫无悬念地聘到了中郎将这个官职，一时间春风得意，连一向不待见他的老岳父见到他都喜笑颜开了，大赞女儿卓文君有眼光。

卓文君有眼光吗？我看未必。两人苦尽甘来，就好好地享受生活嘛，哪知道男人有钱了就变坏，这司马相如也不能免俗！

司马相如因工作变动到长安任职，夫妻俩分居了一段时间后，司马相如居然就寄了封纳妾通知书给卓文君。私奔的时候很爽快，收下彩礼的时候也很爽快，写通知书的时候却突然变得羞羞答答了，想纳妾都不敢直说，还打暗号让卓文君猜谜语！

啥人啊这是？被西汉全体人民鄙视一把都是轻的。

不过这司马相如也还不是一无是处，至少人家没有先斩后奏，知道要先禀告老婆啊，比起那些偷偷摸摸找小三的人，道德品质要高多了！

只是这纳妾通知书写得也太隐晦了，可能打算让老婆看不懂就默认了。幸好卓大小姐情商智商都胜人一等，能猜透这信的意思。但女人就是女人，在别的方面精明，在爱情面前就变傻了，卓文君得知司马相如变心的那一刻，伤心欲绝是肯定的，比卓王孙拒绝给她嫁妆还难受。

弹琴示爱的"凤"想要抛弃"凰"了吗？把抛下一切陪你雪夜私奔的文君忘了吗？连抛头露面共同开酒坊的回忆也没有了吗？不，这一切卓文君不能忘，爱情就是她的一切，司马相如就是她深爱的人，她不可能与别的女人分享她的男人，若他去纳妾，那就与他绝交！

思前想后，卓文君决定先采取怀柔政策，只当没看懂那些数字暗含的真实信息，不拆穿司马相如想要纳妾的小心思，速回肝肠寸断的情书一封：

一别之后，二地相悬。只道是三四月，又谁知五六年。七弦琴无心弹，八行书无可传，九曲连环从中折断，十里长亭望眼欲穿。百思想，千系念，万般无奈把君怨。万语千言说不完，百无聊赖十倚栏。重九登高看孤雁，八月仲秋月圆人不圆。七月半，秉烛烧香问苍天。六月伏天人人摇扇我心寒。五月石榴似火红，偏遭阵阵冷雨浇花端。四月枇杷未黄，我欲对镜心意乱。急匆匆，三月桃花随水转；飘零零，二月风筝线儿断。噫，郎呀郎，恨不得下一世，你为女来我做男。

卓文君厉害呀！司马相如你已没了从前的回"亿"？那我再给你"万"（挽）回去！

果然，卓文君等了许久，司马相如那边也没任何反应，估计是被老婆的文采震住了。想当年私奔时，司马相如是该出手时就出手，风风火火跟着走了，经过了这些年的同甘共苦，对卓文君却是抽刀断水水更流！

卓文君一瓢冷水浇过去，见司马相如按兵不动，揣度他想纳妾的小热情可能还在，卓文君决定再浇一瓢凉水，随即又寄出一封"白头吟"：皑如山上雪，皎若云间月。闻君有两意，故来相决绝。今日斗酒会，明旦沟水头。躞蹀御沟止，沟水东西流。凄凄复凄凄，嫁娶不须啼。愿得一心人，白首不相离。竹竿何袅袅，鱼尾何簁簁。男儿重意气，何用钱刀为。

这首诗的意思太复杂了，小消我没耐性，只看懂了个大概，估计是类似"我能想到最浪漫的事，就是和你一起慢慢变老"之类的歌词。"闻君有两意，故来相决绝"，听说你三心二意，所以我要跟你绝交！

末了，大概卓文君觉得诗词篇幅太小，不足以表达完整的意思，又在后面加上两句：你已在用绿弦琴对新人唱新曲，旧弦已断了，镜子也缺了一块，不过从此以后你不要再挂念我了！你以后要好好吃饭，好好喝汤。天冷了，你要注意添衣，我以后不会再打扰你了。Good-bye！

这一瓢凉水泼得猛啊，软硬兼施，柔情弱语，直接把司马相如想找小妾的小火苗浇熄了，也溶化了司马相如的心，司马相如快马加鞭，赶回了成都，继续与卓文君卿卿我我，安心陪伴，此后便把"愿得一心人，白首不相离"的爱情故事演绎了下去。说到底，司马相如也是个追求浪漫、感性唯美的才子，还有谁会比老婆卓文君更懂得浪漫呢？

(六)

司马相如与卓文君的爱情故事已过去N年了，不管世人说司马相如是吃软饭也好，是赞卓文君勇于追求爱情也罢，对于卓文君来说，她与所爱的人在西汉时期就能实现一夫一妻制，甜甜蜜蜜地白头偕老，她是幸福的，也是快乐的。并且他俩的名字生生世世都会联在一起，永远也不会分开，这样想想就已经是一件很令人羡慕的事了！

卓文君的浪漫爱情依然在世人的记忆里生生不息，当代的爱情达人喜悦姑娘和张海军的故事也正感动着世人。卓文君的爱情已有幸福结局，更多达人的爱情生活尚在继续。

幸福，在爱情达人喜悦姑娘眼里就是陪所爱的人摆地摊，可更多的女孩子在谈恋爱时总是先问对方，有房吗？有车吗？

她们却忘了问一下自己的心，你爱他吗？

都说爱情不可靠了，其实真正不可靠的，是我们的心！

是我们失去了有情饮水饱的那颗平常心！

金屋藏得娇王娡　　婚姻无情却有智

【百科名片】孝景王皇后（公元前173年—公元前112年），姓王氏，名娡，为汉景帝第二任皇后，汉武帝生母。《史记》和《汉书》均记载了王皇后的生平，金屋藏娇的故事则出于志怪小说《汉武故事》。

（一）

　　金王孙无论如何也想不通，自己究竟犯了什么错，怎么就"被"离了婚？本来金王孙和老婆王娡，带着女儿把日子过得风生水起，一家三口正其乐融融呢，丈母娘却突然蹿到他家中来了。都说丈母娘看女婿，越看越欢喜。金王孙的丈母娘驾到，却不是为了欢欢喜喜看女婿的，而是给女婿带来了迎头痛击的一个大棒子！

　　她是来棒打鸳鸯，逼金王孙和王娡离婚的！

　　这女儿和女婿的日子过得好好的，让人家离哪门子婚哪，老太太的脑袋被门卡了吧！小消我正纳闷呢，有小道消息及时传来解惑：老太太的脑袋没被门卡，而是被算命先生的一番话卡住了。

　　据某位不愿意透露姓名的权威人士透露，算命先生掐算完老太太交给他的俩女儿的生辰八字后，大惊失色地说："您这两个女儿的命都贵不可言哪！特别是您的大女儿王娡，那是富贵逼人，她想寻常都不行！"老太太听完算命先生的吉言，估计激动得心脏都严重移位了，没做心脏搭桥手术已属万幸！可是，老太太在激动之余突然想到一个严重问题：不好！大女儿王娡已经嫁给平头布衣金王孙了！就金王孙那副没出息的窝囊相，王娡若跟他一辈子，富贵命肯定会被搅黄！一人得不了道，鸡犬就升不了天了。

　　佛曰，知错就改善莫大焉。这不，老太太立马根据佛的指示，雷厉风行地跑到女婿家去"拨乱反正"了！

　　金王孙经过丈母娘的几番"拨乱"，心已支离破碎，万般无奈，唯有指望老婆王娡会看在女儿的份上，想办法制止其母亲的荒唐行为，可王娡居然无可奈何地长叹一口气："我也没办法了，离就离吧！"

真是有其母必有其女啊！母女俩的行为绝非正常人能够理解，金王孙此刻肯定气得由内伤转为吐血了。换谁都会气啊！仅仅因为算命先生的一句话，就将一个好好的家拆散了，能不郁闷吗？王娡母女可不管金王孙郁不郁闷，腿长在自己身上，金光大道就在眼前，王娡迈开两条腿，哼唱着"潇洒走一回"，离开了金王孙。

金王孙望着王娡的背影仰天长叹，难道真是上天的捉弄，命运的安排？经过王娡家几次折腾的余震，金王孙彻底死心了，老婆的心既然另有所属，空留一具躯体何益！当然，能让金王孙产生这种想法，也不排除王娡母女用了什么不可告人的手段才达到目的。

总之，在以后的岁月里，金王孙彻底从王娡身边销声匿迹了，江湖上再也没有了他的传闻。

如果受了伤的金王孙还静悄悄地活在这个世上，他总有一天会明白，王娡为什么要和他离婚。当然，那将是很多年以后的事了。

（二）

历史上这起诡异的离婚案件，至今，依然引起很多人的好奇。王娡离开金王孙后，便想方设法进入了太子府。后来的事情更是顺利得不像话，太子刘启，一眼便相中了王娡，似乎印证了那个算命先生的"预言"。

因为这段"不像话"的历史，导致小消我走在大街上，总要对那些高深莫测的算命先生多看一眼，没准就被人家"预言"上了呢！当然，我不是要做王娡，只想证实一下，自己能不能在滔天的富贵面前，淡然地选择放弃！

真的有预言这回事吗？金王孙和王娡的婚姻，真的是因为丈母娘听信了算命先生的话而被拆散的吗？在如今的历史戏说中，有人猜测：王娡有可能早就变了心，她和太子私下有了承诺，才和自己的母亲串通，策划并实施了这起历史上著名的离婚案。

还有另一种说法是，王娡厌倦了与金王孙平淡的婚姻生活，渴望过更刺激、更新鲜的生活，才将计就计配合母亲，出演了这段双簧……但这些终究只是猜测加戏说，金王孙和王娡真实的离婚内幕究竟如何，恐怕只有当事人自己知道了。

生活的欲罢不能就在于它的扑朔迷离，你不可能看清人所有的本质，也不可能了解事情的全部真相，你能做的，就是在生活的磕磕碰碰中上下而求索。

王娡的求索没有"路漫漫其修远兮"，她只不过是雏鹰脱离了鸡窝，也正是如此，王娡在她的人生天空中，只是稍稍地伸展了一下翅膀！

（三）

王娡再嫁给太子刘启时，刘启已经有好几个老婆了，我也懒得去大费周章地盘查王娡是小四还是小五，反正记住她是小小老婆就对了。

你说这王娡是极品吧？好好的正室不当，偏要跑去当妾室，这倒让我想起一档知名的相亲电视节目《非诚勿扰》，里面有个拜金女嘉宾的名言是："宁愿坐在宝马车里哭，也不愿坐在自行车上笑。"我当时就妄自揣测了一下，如果王娡参加这档相亲栏目，估计她的名言是：宁愿在太子府里暗斗，也不愿在平民家里享受。不同的是，王娡并没有拜金女嘉宾那么张扬，嫁给刘启后，她像只不肯开屏的孔雀，悄悄地掩盖住自己的霸气，伪装成一只山鸡。她在太子府中低调地做事、温顺地说话，在各路人马明争暗斗的夹缝中谨慎地躲闪着，默默地看着热闹。

因为她深知，人若太过于锋芒外露，只会招来暗箭明枪！

当王娡隐藏着锋芒悄然潜伏时，有人正霸气外露着，此人就是刘启的另一个老婆、王娡的情敌之一——栗姬。

栗姬有一个儿子，叫刘荣，因为刘启的正室小薄后没有生育，排列下来刘荣就是长子。母凭子贵啊！栗姬是骄傲得不得了，到处与刘启的其他女人争风吃醋。

不过她似乎没怎么找王娡的麻烦。因为王娡嫁给刘启后，只会生女儿，生不出儿子，对栗姬没有威胁，并且王娡这人看起来挺老实，对人生和富贵也没什么追求的样子，只会整天找人唠唠嗑、侃侃大山什么的。栗姬的眼中钉是正室小薄后，至于王娡之流，哪好玩哪玩去！

但栗姬万万想不到，王娡正把陪人唠嗑聊天当做工作，努力积攒好人缘，到处收集对栗姬不利的小道消息。

王娡像一只暗夜里的蜘蛛，正悄无声息地编织着捕猎的天罗地网。

（四）

公元前157年，刘启的老爸死后，子承父业，太子刘启晋升为皇帝，栗姬的儿子刘荣坐上了太子之位。刘荣以后将继承皇位，看起来似乎是件顺理成章的事。栗姬的目标也更加迫切了，她更想把小薄后斗倒，抢过皇后的位置！

但凡在领导换届时期，都不难看出，看似风平浪静的海面下其实隐藏着激流漩涡，这已成为一个颠扑不破的规律。

话说王娡一边躲避着激流漩涡的波及，一边还抽空完成了一件大事——她的肚皮就像知道她的心思似的，迟不生儿子，早不生儿子，就在刘启登基这当口就生下儿子刘彻了。这个女人躲避风波的能力还真是强啊，真不知道是该羡慕她运气好，还是该夸赞她心机重！

据说王娡怀孕时，曾娇滴滴地对老公刘启说："老公，我可能怀孕了，因为我梦见太阳落到我肚子里去啦！"

太阳投胎到肚子里了，那还得了？就算我小消没研究过《周公解梦》，但也扯得出关于这个梦的预言啊，分明是暗示这孩子是太阳神转世，日后会像太阳一样光芒万丈，普照天下嘛！

刘启估计对太阳梦的寓意和我的想法所见略同，他高兴坏了，压根儿不怀疑王娡是否在暗示什么，只觉得王娡生的儿子好。怎么个好法？太阳神转世呗！将来一定会有出息呗！王娡也不担心别人来盘问啥的，倘若有人要问，她把回话都想好了：只是一个梦啊，夫妻俩讲来玩玩，有必要当真吗？

王娡姑娘是多么地相信命运啊！与前夫离婚是听从算命先生的安排，儿子有没有出息交由梦的启示！王娡啊，你穿越到21世纪来为咱们中国的演艺界争光吧，什么戛纳影后、好莱坞金像奖全部非你莫属啊！

皇上刘启就这样，被温柔的王姑娘润物细无声地潜移默化了：咱们的儿子刘彻是大富大贵之人！

伴随着儿子的成长，王娡已利用人缘和舆论，静悄悄地坐稳了自己的位置。遥想当年王娡刚入府时，她还有两个强大的情敌，一个是正室小薄后，一个是宠妃栗姬。

而如今，栗姬正在劳心费神、想方设法地把小薄后拉下皇后的位置，王娡却在坐山观虎斗的同时，已将她的关系网织就。她像只潜伏了很久的蜘蛛，正耐心地等待着猎物不顾一切地撞到自己的网上！

（五）

机会总是垂青于有准备的人。有一天，王娡通过关系网接收到一则情报：小姑子刘嫖到栗姬家里说媒，想要把自己的女儿陈阿娇嫁给太子刘荣，欲提前与未来的皇帝订个娃娃亲。可栗姬一点也不给面子，刘嫖灰溜溜地被拒绝了！

得知这个情报后，王娡心跳加速，她敏感地意识到，小姑子刘嫖或许就是她实现终极目标的突破口！这个终极目标，王娡从来不曾对人提起过，其实她已为这个目标养精蓄锐很久了，只等战斗时机的到来。

而这个时机，无疑就在此刻！

王娡与小姑子刘嫖聚在了一起，家长里短地拉开了话匣子。拉家常可是王娡的特长啊，她聊起天来，是和风细雨攻心、滴水不漏取证！如投胎到后世的周公瑾，在谈笑间将任何危机化解得灰飞烟灭！不过两人关起门来谈的内容，旁人是无从知晓的。想想，像王娡这么谨慎的人，能让旁人偷听吗？反正聊完后，两人达成了共识，产生了高度的默契。

王娡还拉出小刘彻来，当着刘嫖的面问他："阿娇好不好啊？"小刘彻像是知道母亲的心思似的，配合得天衣无缝地回答："我长大了若能娶到阿娇，一定造座金屋把阿娇藏起来！"王娡听了很满意，孺子可教也！刘嫖听了也很满意，她决定在以后的日子里，要好好利用自己是皇帝姐姐的身份，游说皇帝把现在的太子——刘荣废掉，扶刘彻为太子！自己的女儿阿娇就会像现在商议好的那样，将来嫁给刘彻，养在金屋里，成为未来的皇后！

王娡终于让刘嫖的意图和自己的规划接上了头：儿子刘彻做太子，自己就是现在的皇后以及将来的皇太后！

王娡已经将刘嫖当做大网，向栗姬撒了出去。

而栗姬，经过年复一年、日复一日的不懈努力，终于将生不出孩子的正室小薄后拉下了皇后的宝座，她正沉醉在自己即将要做皇后的美梦中呢，丝毫没有警觉身边潜伏的蛛网上,毒蛛已经张开了大口!

(六)

刘嫖这个小姑子,还真是任劳任怨啊!自打与王娡进行过双边会谈,将阿娇与刘彻订下娃娃亲后,她的工作重心就不再是给刘启介绍女朋友了——她开始在母后和刘启面前频繁地说栗姬的坏话,说王娡的好话。

打小报告这种事,说第一次呢,听的人一笑而过;说第二次,听的人将信将疑;说第三次,就由不得别人不信了。正所谓三人成虎,更何况,刘嫖这个姐姐还不知道在刘启弟弟面前,给栗姬下了多少坏绊子,慢慢的,刘启也觉得,栗姬这个人确实不怎么样。

刘启对栗姬的印象分一减,立皇后这事就暂时搁下了。刘启好歹也是皇帝,心里还是有本账的,他不会凭姐姐说几句坏话,就把太子给废了,何况太子刘荣循规蹈矩,又没犯什么错!

王娡和刘嫖的计划因刘启的顾全大局一时陷入了僵持阶段。

可是,运气来了挡都挡不住。这次,我真不怀疑是王娡在背后使了什么手段了,我开始诚惶诚恐地相信算命先生,并暗下决心改天也要去卜一卦!

王娡不仅有像刘嫖这样神一样的同盟,还有像栗姬这样猪一样的对手。事情是这样的,有次刘启病了,他怕自己有个三长两短,就对栗姬说:"我百年之后,你要好好地照顾我另外的妃子,还有皇子啊!"

刘启的言下之意就是让她当了皇后以后仁慈一点,不要做出类似吕雉对戚夫人那样惨绝人寰的事。

可这栗姬,一定是生活过得太好,吃多了肉,脑袋被猪油糊住了,她一听刘启死到临头了还惦记着其他的女人,醋劲一上来,一口回绝还不解气,竟口不择言大骂刘启"老狗"。这可把刘启气坏了,我这还没有死呢,你就开始发飙了,以后还得了?但刘启不愧是皇帝,给她来了个隐忍未发。

刘启倒是想把这口气吞下去,王娡可不想,她要让他堵在喉咙里,她需要做的事就是火上浇油!

王娡从来不走寻常路,那浇的这油自然也不是正常的油,而是地沟油——王娡并没有要求刘启废太子，而是周旋着让私交的大臣们上奏：子以母贵，母以子贵。今天太子的生母还只是一个姬妾，现在应该要给她一个名号才是，所以应当立为皇后。催皇帝立后，这是忧国忧民的好事啊，也能顺带拍拍栗姬的马屁，于是就有大臣抢着上奏了！

哪知刘启一听，怒火中烧，好个栗姬，居然唆使人来争皇后了，私交大臣，无法无天，罪不可恕！为防栗姬日后干涉内政，下旨！杀上奏大臣！废太子刘荣！

王娡终于不动声色地将太子刘荣和栗姬拉下了马！

（七）

景帝前元七年四月，王娡受封为大汉皇后，七岁的刘彻以王娡唯一的嫡子身份被立为储君。

刘荣被废太子，皇后又被王娡得遂，栗姬内心愤恨难平，最终抑郁而死。

至此，皇后王娡才长长地舒了口气，雏鹰终于长硬了翅膀，孔雀尽情地抖开了屏羽，蜘蛛已稳稳地盘踞在了网中央。

若前夫金王孙能看到她所做的一切，应该会明白，他与王娡以前"老婆孩子热炕头"的平淡生活，又如何能承载起王娡内心喷薄而出的欲望！

一草怀梦李夫人　红颜未曾老死时

【百科名片】孝武皇后李氏，西汉人。倡家出身，父母兄弟妹均通音乐，都是以乐舞为职业的艺人，由平阳公主推荐给汉武帝。李氏被封为夫人，生汉武帝第五子刘髆（昌邑王），后追封为皇后。

（一）

陈冠希"艳照门"一出，一句网络语就铺天盖地地在男同胞之间，如彗星划过天际般迅速流行开来，"做人当做陈冠希"成了大部分男人的夙愿。要小消我来说，这些男人太OUT了，"做人当做汉武帝"才对，人家不仅能把美女敞着泡，还不用担心会触犯道德底线。陈冠希现在可是四面楚歌，跟汉武帝那会儿是没得比啊！

汉武帝仅仅为一个历史上遗失了名字的女人挂念了一回，就差一点成为一代情圣！

汉武帝刘彻一生有过很多女人，那可是把手指头和脚指头加起来都不够数呀！其中叫得出名字的就有陈阿娇、卫子夫、赵钩弋等，叫不出名字的就更多了。在中国当皇帝还真是有艳福，无论刘彻有多少女人，都没人敢跳出来指责他是花心大萝卜，更没人敢弹劾他生活作风不正派！

可惜刘彻并不是陈冠希，如此宽松的道德环境，导致他特别地不珍惜女人。

看看刘彻那些女人的下场，你就知道我并非危言耸听了！青梅竹马的陈阿娇被他打入冷宫悲愤至死，仅仅就因为刘彻对阿娇审美疲劳了；第二个皇后卫子夫绝望自杀，因为刘彻以巫毒之罪把卫子夫生下的儿女诛杀殆尽，并把卫皇后也废了；这还没消停，在古稀之年，刘彻又以莫须有的罪名，把青春美貌的少妻赵钩弋杀了，只因为他想立赵钩弋的儿子为太子，怕她篡了权！他还真是下得了手啊，身边叫得响名字的女人基本上都被他杀光了。

刘彻才是名副其实的少青中老年妇女的杀手！

但就这样一个冷酷的杀手，居然也曾经对一个女人格外上心，这可真是比狼爱上羊还难得！这个被刘彻挂在心上的女人是谁呢？她就是已在历史中遗失了名字的李夫人。

这个李夫人究竟何德何能？她能比陈阿娇坦率，比卫子夫贤惠，比赵钩弋青春吗？

（二）

李夫人的出场，对刘彻来说，颇具神秘感和想象空间。江湖上有种传闻，说刘彻是掉进李延年和平阳公主设的套了。

套，是这样展开的——

某天，皇帝刘彻听到乐师李延年正在倾情弹唱一支动听的歌：

北方有佳人
绝世而独立
一顾倾人城
再顾倾人国
宁不知倾城与倾国
佳人难再得

皇帝刘彻听完这首歌后很失落，不禁感慨：歌词写得倒是很美，但世上哪有这样的美人啊？

平阳公主不失时机地回答，李延年的妹妹就是这样的美人啊！要不要介绍给你做女朋友？

刘彻果然不失男人本色，他立马表示很愿意见识一下所谓倾国倾城的实物美女。

都说想象很丰满，现实很骨感。期盼值越高，往往失落感越强！

李夫人是顶着"倾国倾城"的强力宣传语而来的！平阳公主是在夸大其词吗？李夫人会让观众失望吗？

（三）

您见到过不用PS就能倾国倾城的美女吗？反正小消我在有限的人生经历中是没见过。

但刘彻见到了！刘彻很满意地肯定了平阳公主对李夫人的宣传炒作，他对李夫人的相貌不仅一点也没有失望，还理所当然地将其据为己有。

李夫人的惊鸿一现，在中国文学史上是有着巨大贡献的，她给后人留下了"倾国倾城"的成语。请大家用脑海里储存的所有形容女子美丽的词语，对李夫人的相貌想象一下，估计找不出比"倾国倾城"更形象贴切的词儿了！

若说李夫人是因为她倾国倾城的容貌，就能得到刘彻的格外宠爱，那故事也太没悬念了。相貌是爹妈给的，自己又不能选，凭什么女人长得漂亮就容易受到青睐？有个词叫"审美疲劳"，再美的风景也有看腻的时候，再漂亮的女人也有衰老的一天，这可能是上帝对女人们相对公平的一种体现。

但李夫人似乎不愿意看到自己的衰老——在刘彻宠幸她没几年，还没来得及"审美疲劳"的时候，李夫人便生病了。她日渐消瘦，漂亮的脸蛋儿变得焦黄，无论怎样竭力用化妆术去拯救，曾经的美丽容颜仍无可挽回地在日出日落中，随风渐渐而逝。

未老先衰啊，脸上的红晕一天天地褪去，水润的身体一天天地干涸。美人迟暮，对女人来说，最残酷的事情莫过于此。

红颜薄命啊！李夫人的命这样薄，可能就是因为她长得太漂亮了！看来女人长得太漂亮也未必是件好事。这样想想，我的心里就稍微平衡了一些。

虚弱的李夫人自知时日无多，就开始拒见刘彻。

能够每日见到皇上，这是后宫多少女人一生的夙愿，又有多少女人穷其一生，也无缘见到天子一面！

但李夫人却拒见，不可思议不是？

又不是传染病，你干吗躲着他？好歹夫妻一场，明知道自己剩下的时间不多了，为什么还不让自己的男人陪在身边？究竟是什么原因让她宁愿孤单死去呢？

女人心，海底针！李夫人的心思比海更深，连自以为看透了女人心的刘彻都估摸不透！

（四）

俗话说一日夫妻百日恩，李夫人病了，刘彻也很心疼，想见面表达一下怜惜，却几次都被李夫人婉拒在门外。终于有一天，刘彻忍耐到了极限，他很干脆地直接闯入李夫人的寝宫，但见宫女跪满地，李夫人呢？不仅躺在床上没有起身，还用被子牢牢地捂住了自己的头。

刘彻左哄右哄，李夫人都不愿将被子挪开，只说："请皇上原谅臣妾无礼，臣妾卧床已久，容貌都已毁坏，不能再见皇上。只是，我的家人以后能托付给您，我就放心了！"

刘彻说："你只要让我看一眼，我就封你的兄弟们做官，还赐给你一千两金子。"

哇！这个条件很是让人心动啊，观看一眼李夫人的容貌比奥运会入场券都值钱！

不知道李夫人有没有在被子里思考过四分之一炷香的时间，总之她很迅速地给出答复："皇上封不封我兄弟做官，不在于见不见这一面上，而在于皇上。"

刘彻很不耐烦，估计是嫌这女人太能折腾了，不就是看一眼吗？还整得这样艰难，想见朕的女人多了，也不在乎你这一个！吃了闭门羹的刘彻很生气，跺着脚就走了！

李夫人听见刘彻的脚步声远了，才掀开被子，露出枯瘦蜡黄的脸，哭了起来。宫女们七嘴八舌，纷纷表示不解：你傻啊？这下把皇上气走了，你哥哥当不了官了，一千两金子也打水漂了！

李夫人一脸哀婉地解释说："我正是为了我的家人着想，才不见皇上的。我只是一介歌女，出身卑微，侥幸凭着出众的相貌才获得皇上的垂怜。可是因为生病，能让皇上迷恋的容貌已经没有了，我还能靠什么迷住皇上的心呢？唯有靠留在皇上记忆里的容貌而已。如果连这一点都失去了，以后还能凭什么奢望皇上关照我的家人呢？"

色衰则爱必弛，爱弛则恩必绝！李夫人早已从刘彻对别的女人的态度上，摸透了他的感情规律，换而言之，她早已深深看透了刘彻的心。

李夫人的用心不可谓不良苦，但她能达到她想保护家人的心愿吗？

（五）

最美的季节是秋天这个凋零之季，最惊艳的花开是昙花一现，最璀璨的星星是流星陨落，最深的内心里住着的，是情到深处时离去的那个人。

人生最大的失落不是得不到，而是好不容易得到了又突然间失去。

李夫人溘然长逝了，她至死也没让刘彻见到过她病后枯黄的模样。失去了爱妃的刘彻很伤心，李夫人倾国倾城的容貌和曾经的甜蜜恩爱，永远留在了他的记忆里。

刘彻早已忘了那天的跺脚之怒，在李夫人死后，俨然化身为痴情的琼瑶剧男主角，演绎了一系列"天长地久有时尽，此'情'绵绵无绝期"的浪漫情怀。

他依李夫人的遗愿，封她的哥哥李广利为贰师将军，封李延年为协律都尉之后，仍然觉得不够，又找来技艺最精湛的画师为李夫人画像。他不厌其烦地对画师描述李夫人的花容月貌，企图在纸上还原李夫人的一切美好，思念李夫人的时候，就对着画像说说情话儿。

平民都是画饼充饥，帝王们可是画美色充饥啊！

可画像终究是没有生命的，痴情的刘彻太渴望见到李夫人活色生香的样子了，于是又带头搞封建迷信活动，替李夫人招魂。一番折腾后，据说还真招到了李夫人的一抹影子。爱是动力，情是灵感，爱情造就诗人，刘彻对着影子喃喃地吟起情诗：

是邪非邪？
立而望之，
偏何姗姗其来迟？

刘彻折腾完画家、灵异学家后，还不能缓解失去爱人的痛苦，又去折腾音乐工作者。他写了一首纪念李夫人的歌，不仅自己唱，还要求乐官们也学唱，势必要把李夫人之歌炒作成西汉时期最流行的歌曲。

看到主子如此钟情李夫人，作为下属的东方朔就投其所好，专门送他一株神奇的怀梦草，别说，刘彻当晚还真圆了见李夫人的梦。在梦里，李夫人依旧温婉美丽，与刘彻缠绵了一场，待刘彻醒后，还觉得有种淡淡的蘅芜香在身边萦绕。

　　如果有关李夫人的故事能在这里结束，那也不枉她的一番良苦用心。她在刘彻心里已经留下了最美丽的印象，家族的亲戚们也都平步青云，对她来说，也不失为一个完美的结局了。

　　可李夫人的故事毕竟是来源于历史，而真实的生活永远比故事狗血！

（六）

　　若干年后，李夫人的容颜尚留在刘彻心底，李夫人的遗愿却已被渐渐淡忘——由于李广利降匈奴，李季淫乱后宫，一荣俱荣，一损俱损，李氏家族包括无辜的李延年在内，都被刘彻诛杀。

　　在争权夺势的大局面前，神马都是浮云。

　　再美好的回忆，想多了，也就淡了；淡了，也就忘却了。

　　说到底，刘彻之所以对李夫人比对陈阿娇、卫子夫等更为上心，可能只是因为李夫人死的方式比较特别。她死在了刘彻对她的爱情荷尔蒙还没有褪去的时候，封存住了最让刘彻迷恋的容颜。

　　红颜已逝，世事如沧海桑田，早已换了人间。

万花丛中悠然过　片叶已沾夏姬身

【百科名片】夏姬，春秋时期郑穆公的女儿。春秋时期有名的美女，因嫁给陈国的夏御叔为妻，故称夏姬。后夏御叔死，夏姬由于貌美非常，多位诸侯、大夫迷恋其姿色，由此引出一连串的历史事件，号称杀三夫一君一子，亡一国两卿。

(一)

什么样的女人才能让男人为之疯狂？

美丽？性感？嫣然？妩媚？青春？

NO！NO！若是春秋时期最著名的尤物——夏姬，望着这些词微微一笑，它们将会像秋风中的落叶一般，纷纷凋零。

关于这样的尤物，金庸的小说里有一段生动的描写："……此刻人人瞧着陈圆圆的丽容媚态，竟是谁也没留神到别的。忽然间坐在下首的一名小将，口中发出呵呵低声，趴在地上，便去抱陈圆圆的腿。陈圆圆一声尖叫，避了开去。那边一名将军叫道：'好热，好热！'嗤的一声，撕开了自己的衣衫。又有一名将官叫道：'美人儿，你喝了我手里这杯酒，我就是死也甘心！'举着酒杯，凑到陈圆圆唇边。一时人心浮动，满殿身经百战的悍将都为陈圆圆的美色所迷……"

这是什么样的尤物？竟能勾起所有男人内心深处最原始的欲望！

小说中这个活色生香的陈圆圆，毕竟是虚构的人物，要知道，春秋时期的夏姬，配上这段描写，那是有过之而无不及。

只要夏姬行踪所至之处，就有男人为之痴迷！夏姬令八个男人因她死于非命，还在奔五的豆腐渣年龄阶段，让一位国务院大臣为之舍弃一切，逃亡私奔。祸国殃民的妲己、烽火戏诸侯的褒姒在夏姬面前算什么？她们两个人加起来才灭了两个国家，可夏姬一人便轻轻松松灭了两个国家！其杀伤力之大可见一斑，如若哪个国家多培养几个夏姬这样的人物，核武器那玩意儿还有必要制造吗？

请记住，上述夏姬的生平并非传说。

小消我曾百无聊赖地瞎想过，设若夏姬活在21世纪，出书写自传的话，那绝对能登上各大网站娱乐新闻的头版头条！

夏姬自传的关键词可如下：素女心经、乱伦、多角恋、异物癖、父子通吃……

宣传语：没有最惊爆，只有更惊爆！

（二）

夏姬嫁给陈国大夫夏御叔的时候，绝对想不到自己的一生会是这般传奇。

命运是在儿子夏南十二岁那年改变的，丈夫夏御叔没有任何征兆就死翘翘了。

夏御叔的死让人们想起了夏姬的第一个男人——她的哥哥公子蛮。夏姬在郑国未出嫁时，就与公子蛮私通，无独有偶，两年后，公子蛮也像夏御叔这样无疾而终。

难道说夏姬真是个克夫命？！

她的两个男人因何而死？民间的流言不甘寂寞地传出来了：夏姬少女时曾得到异人指点，学会了"吸精导气"之方、"采阳补阴"之术，不仅能让男人在床上欲仙欲死，还能令自己驻颜有术，青春常在！

小消我一直奇怪并深深纳闷，这些异人异术咋就失去传人了呢？弄得中国人动不动就跑到韩国整容，让资金白白地流失！

夏姬的两个男人果真是被她吸光了元气致死的吗？

古人的想象力之丰富真是让我望尘莫及！要是今天谁有这套《素女心经》的教材，再开个类似的培训班，那绝对能让女人们趋之若鹜！但小消我显然难以相信这个扯淡的传言。夏姬男人的死因不难推测，夏姬太过美艳，公子蛮和夏御叔暴病身亡无非是由于性生活过于频繁。

在此请允许我好心插播公益广告N则：纵欲有害健康；女士有风险，入室需谨慎；女人如田，男人如牛，田越耕越肥，牛越耕越瘦，警惕！牛市变熊市！

(三)

夏御叔死了，儿子被送到郑国留学读书去了，夏姬孤独地住在陈国。

寡妇门前是非多，何况是夏姬这样美丽的寡妇。夏御叔的生前好友孔宁，是个心软的人，他怕好友的妻子孤独，便经常来陪伴。

孔宁你还真是助人为乐呀！

世上哪有不偷腥的猫？孤男寡女经常共处一室，用脚趾头想想，也知道两人之间会发生什么事了。

孔宁偷到了夏姬的腥，生理和心理上都得到极大的满足。夏姬啊夏姬，就算你再美丽，还不是一样地臣服于我？他自信心暴涨，忍不住偷了夏姬的贴身锦裆，到仪行父面前炫耀。

仪行父很是羡慕，哇噻！孔宁你小子艳福不浅啊，夏姬这样的绝色美女你都能泡到手！羡慕之余，仪行父茅塞顿开，夏姬是不是很容易勾引啊？

为证实这个猜想，仪行父也找机会去夏姬的住处揩了一把油，并且，也得逞了。

当我得知仪行父也得逞时，说实话，很为夏姬感到痛心。一个女人不懂得珍惜自己，任由一帮渣男糟蹋，真是暴殄天物啊！难道夏姬真如世人所说，天性放荡吗？她是出于无知、报复，还是道德败坏？

夏姬的桃色事件并没有在孔宁和仪行父这里结束。

一段时间后，仪行父和孔宁又将夏姬当做礼物送给了陈国的君主陈灵公，看来拿女人做公关这事，早有先例。那年夏姬刚好三十岁，正是美到极致的年龄，陈灵公理所当然被迷住了。夏姬就如一罐开了盖的蜂蜜，引得狂蜂浪蝶尽数缠绕在自己身边。

这也就罢了，夏姬还和陈灵公、孔宁、仪行父四人经常聚在一起开party，简称4P。

夏姬彻底堕落了！

因为孔宁那里有她的贴身锦裆，为了公平起见，她又分别送给陈灵公小内衣，仪行父碧罗襦。三人没事就召开小组会议，拿出夏姬的贴身衣服交换各自心得。

夏姬对她的顾客还真是实惠，消费完了还有礼物相赠！对于这种促销手段，小消我强烈号召各大商家向她学习！

(四)

好事不出门，坏事传千里。

夏姬是个"放荡女人"的名声像风一样快速传播开来，传远传坏了，连在郑国的儿子夏南也知道了，夏姬真是出丑出到国际上去了。

因为是自己的母亲，夏南也不知道应该怎么措辞批评她，他唯一能做的就是保持沉默。终于有一天，夏南从郑国留学回到陈国了。有个放荡的母亲，令"海归"儿子很是抬不起头，这种不满和耻辱就像一枚定时炸弹，深深地埋在了夏南的心里。

沉默可以让人变坏，沉默更可以让人变态！

终于有一天，夏南心中的炸弹引线被点燃了！

那天陈灵公、孔宁和仪行父坐在屋里喝酒，未料到隔墙有耳，夏南正悄然藏在隔屋。陈灵公三人又聊起夏姬了，这是他们必聊的话题。满口的污言秽语也就罢了，还突然将话锋转移到夏南身上，陈灵公说："孔宁我看夏南长得像你啊，是你的孩子吧？"孔宁说："不对吧！我看夏南更像仪行父！"仪行父说："我看夏南像陈灵公更多一点啊！"三人都得意洋洋，大笑不已。

这三人，明摆着在取笑夏南是杂种嘛！不在沉默中灭亡，就在沉默中爆发！夏南拿起箭，愤怒狂乱地向三人猛射过去。混乱中，陈灵公被一箭穿心，当场毙命，孔宁和仪行父仓皇而逃！

夏南弑君了！陈国被造反了！孔宁和仪行父带着这个消息仓皇地逃到楚国请救援助。

楚国正愁没理由攻打陈国呢！孔宁和仪行父两人做了淫贼也就算了，还无意中成了卖国贼！

(五)

楚庄王兼并了陈国，将弑君的夏南车裂致死。

不知道夏姬得知唯一的儿子因为自己，落得这个悲惨的下场时，有没有痛心疾首，有没有反省过自己放纵的前半生。

祸水夏姬被带到楚庄王面前，经过这些年来不同男人的滋养，她显然比以前更加娇艳了，不光有着母性的成熟、少妇的妩媚，还有大悲大痛之后的淡然。楚庄王眼睛亮了，一个念头窜上脑海，哈哈，夏姬这妖女，是我的菜！

欲望这玩意是不分贵贱的，领导也是人哪！

难道命运仍然安排夏姬要在男人中间辗转流连吗？

"不行！"回答楚庄王的不是夏姬，而是楚国重臣屈巫。

屈巫说："难道您忘了吗？陈国因她而灭，您想楚国也步陈国后尘吗？"

楚庄王犹豫许久，内心作着痛苦的抉择，他最终还是非常明智地决定放弃夏姬，算了，事业比女人重要！

眼看着君王放手，一旁的子反窃喜："我没事业，我可以要啊！"

"不行！"回答子反的仍是屈巫。

屈巫说："她是一个扫把星！她使公子蛮早死，夏御叔暴毙，陈灵公被弑，夏南被车裂，孔宁、仪行父逃亡，陈国灭亡，天底下找不出比她更不吉利的女人了，除非你也打算不要命了！"

子反踌躇再三，也决定放弃夏姬，性命比女人重要！这笔简单的账他会算。

但这么一个尤物，身边却没男人，实在太可惜了。肥水不流外人田，楚庄王转手把夏姬赐给了鳏居的尹襄老。

尹襄老没女人，人生苦短，及时行乐，他不怕不祥，迎难而上了！

无论屈巫如何阻止，也无法改变夏姬被当做物品在男人手中辗转流连的命运。

夏姬一直以为是自己在玩弄男人，但究竟谁在玩弄谁？男人和女人之间又如何分得清？在她再一次被当做物品赠送出去的那一刻，夏姬有没有心倦？

不得而知！

(六)

似乎是为了证明夏姬的确是个不祥之物，尹襄老没过多久也死了。夏姬的这个男人死得不一样，没有因为死因不详而让大家乱嚼舌根，尹襄老死在了两国之间的群殴上。

尹襄老死了，他的儿子黑要就捡了便宜，一把夺过了父亲的女人夏姬。当我看到这里时，忍不住打了个冷战，提醒自己要淡定、要淡定！因为按春秋时期的潜规则，父亲死了，父亲的女人再嫁给儿子，儿子死了，再给孙子。这是啥人制定的烂规矩，历史上说王昭君出塞到匈奴，也是一人侍奉了三代。

乱伦呀！近亲不能通婚呀！奈何我当时气得直跺脚，鞋的高跟都跺坏了几对，他们也不曾知道。

老色鬼尹襄老死了，小色鬼黑要特别高兴，得到了夏姬，连父亲的尸体都顾不得找了。唉！这不是坑爹吗？夏姬，她究竟是何方妖孽？除了那个骂她是不祥之物的屈巫，男人在她面前，都毫无例外地沦陷了！

就在此时，骂她的屈巫却突然派人递来了五字密信：归！吾聘女（汝）！

回家！我娶你！

这年夏姬已经四十多岁了，这么多年来，她一直在男人掌中被玩弄，从未想到还会有一个人，不顾一切地对她说：回家！我娶你！

（七）

归！吾聘汝！我相信这是夏姬一生中听到的最动听的情话。她从没想过，会有人在了解她放纵的过去，知道她放荡的名声，认为她是个不祥之人后，仍毫不犹豫地说要娶她。

字写错了可以擦掉重写，公交误点了可以等下一趟，花期过了还有下一季，人生若走错路该如何重来呢？

当女人沉醉于歧途的时候；当女人轻狂地犯下错误后；当女人遭受所有人指责的时候，能不能如夏姬这般幸运？有没有像屈巫这样的情种，可以不计较她的过去，只参与她的现在与未来，伸出手来对她说：回家吧！我娶你！

我想中年妇女夏姬一定是感动了，纵观她一生声色犬马，浪荡形赅，其实，她也不过是个普通的女人而已，她渴望休息，渴望安静，渴望男人迷恋她不再是因为肉欲，而是因为想给她一个依靠。

夏姬毫不迟疑地收拾好包袱，找借口对黑要和楚王说要去拖回尹襄老的尸体。就这样，夏姬再次回到了她的故乡郑国。

夏姬站在郑国的土地上。是的，年少时，她与哥哥公子蛮私通，两年后公子蛮无疾而终，她被父亲嫁到陈国，之后在若干不负责任的男人之间折腾，直至遇到了屈巫。

夏姬终于想通了那天屈巫为什么要再三为她拒绝楚庄王和子反，屈巫是在怜悯她啊,怕她再次被男人玩弄。未料到她命途多舛,被送给尹襄老后,又再次在男人之间漂泊,屈巫才决心由自己来承担她的余生啊!

屈巫与夏姬相会在郑国。他抛弃了楚国重臣的位置,抛弃了在楚国积累的所有社会资源,躲避着楚王的追捕,带着夏姬逃到了晋国!

楚王恼怒万分,敢情屈巫是吃不到葡萄说葡萄酸,才阻止别人要了夏姬啊?一怒之下,楚王杀了让夏姬逃离的黑要,灭了屈巫的族人。

屈巫为家族遭受自己的连累悲痛万分,为楚王的斩尽杀绝恼羞成怒,他要为族人报仇!他凭借在楚工作多年的经验,游说晋国和吴国联合起来攻打楚国,楚国在吴国与晋国的夹击中疲于奔命,终于慢慢衰落下去,走向灭亡。

从此以后,夏姬像从人间蒸发了一样,人们再没听过她的任何绯闻,夏姬成了一个传说。

(八)

出版界名人洪晃有一段名言:女人一生睡多少男人算"值"?0=白活了;1=亏;2到3=传统;3到5=正常;5到10=够本;10到15=有点忙;15到20=有点乱;20到30=有点累;30到50=过于开放;50以上=完全瞎掰。

我想,夏姬在九泉之下若是读到这段话,不会去清算究竟有多少男人走过自己的生命,对于这个答案,小消我不揣简陋地认为,只有屈巫一个。

前段时间,听说谢霆锋和张柏芝离婚了,我还记得看过他们的八卦新闻,在他们恋爱之初,谢霆锋对记者说:"相士都说我这条命克金,柏芝属重金,我同她在一起,轻则惹官司,重则会死,但我不管了,要我的命,就拿去吧!"然后谢霆锋和张柏芝结了婚,张柏芝感动落泪。这段八卦令很多人又相信了爱情!

后来"艳照门"事件爆发了,然后更多的男人一边对着张柏芝的艳照意淫,一边骂她荡妇。

再后来谢霆锋和张柏芝离婚了,各大网站都针对这个事件做网民投票调查,若你是男人,你会不会娶张柏芝?

我能理解谢霆锋被天下人耻笑时所承受的压力,但我也真心地祝福张柏芝们能像夏姬一样幸运!

像夏姬一样去爱吧!如同没受过伤害一样!

恋母癖 癖的是人生冷暖

【百科名片】恭肃贵妃万氏（公元1428年—公元1487年），小名贞儿，明宪宗朱见深之宠妃。明宪宗即位时，万妃已经三十五岁了，成化二年，生一皇子，封贵妃，后皇子早夭。逝于成化二十三年，谥曰恭肃端慎荣靖皇贵妃，葬天寿山。

（一）

明朝那些事儿，当年明月在书上说了很多，但难保有遗珠之憾，小消我斗胆也说一个明朝的事儿。

明朝有一位皇帝，叫朱见深，他刚娶了一位美丽的吴皇后，这位皇后可是经过苛刻的评委们层层选拔出来，没暗箱操作的哦！所以无需我多费笔墨，大家也可以想象，吴皇后的相貌绝对属于上上之选了。但你如果认为朱皇帝正在新婚燕尔的鸾帐内，温香软玉抱满怀，那就错了！年轻貌美的吴皇后正遭遇着新婚丈夫的冷暴力，原因是十八岁的丈夫深深爱着三十五岁的万贞儿阿姨。

吴皇后也是个女人啊，她肯定像若干正室一样不服气——他如果爱一个比我更年轻貌美的女子，我也就心服口服了！这个万贞儿出身下贱也就忽略不计了，由宫女上位也暂且容忍了，长相平庸都姑且不论了，问题的核心是，她居然还比我老公大了十七岁！

玩恋母癖、熟女控也不带这样玩的！样样都不如我，凭什么呀！

不服气的吴皇后顺理成章地做出了很解气的举动，她用板子狠狠地打了万阿姨的屁股。但年轻的吴皇后没想到，她可以打老虎的屁股，却万万动不得万阿姨啊。

就这样，刚做了一个月皇后的吴小姐直接被废，打入冷宫，连商量的余地都没有，并连累家族的至亲好友被罚。事后，朱见深深情地对万贞儿一笑，看见没，这就是朕对你的宠爱！

冲动是魔鬼。什么叫牵一发而动全身，这就是活生生的例子！

朱见深的母亲周太后，只当儿子年幼无知，才十八岁嘛，能懂得什么是爱呢？他总有一天会厌倦这个熟女的，会感受到年轻女孩身上青春的朝气和蓬勃的味道。

（二）

一晃三年过去了，三十八岁的万贞儿为心爱的男人诞下了皇子，这个孩子也是朱见深的长子。然而他们还没来得及从为人父母的欣喜中回过味来，皇子便夭折了，两人受到巨大的打击。朱见深强忍着心中的悲痛，日夜陪伴着万贞儿。万贞儿的心却是死水一潭了，她已经三十八岁了，之前的生产已属于高危状况。人过三十无少年，与自己的爱人共同拥有一个孩子的愿望是再也不可能实现了。孩子死了，单靠爱情能拴住一个男人多久呢？万贞儿迷茫了。

即使朱见深再专情，不沾惹别的女人，但是靠万贞儿是无法生出BABY是铁的事实了。一个皇帝没有子嗣，满殿的文武大臣们是坚决不会同意的！普天之下的黎民百姓是坚决不会答应的！然而不管朱领导是多么辛苦地夜夜为人民服务，很久很久过去了，他还是没有一儿半女。

朱皇帝很着急，我想他一定怀疑过自己是否得了不育症！可惜当时没那么多专治不孕不育的专家门诊，可以提供求得一儿半女的秘方供他临床试用。

其实，他的身体绝对没问题，令朱皇帝料想不到的是，问题出在他枕边的女人——万贞儿！她正用某种特别的方式表达着她特别的爱——万贞儿怕别的女人分享她的男人，怕生下来的孩子抢占了朱皇帝对她的爱。

虽然集万千宠爱于一身，虽然朱皇帝这么多年来从未冷落过她，但她还是怕，怕有一天幸福从指缝中溜走了，怕爱情如浮云般消失了。她要把朱皇帝永远留在身边，要向世上的女人宣布，他只属于她！

为独霸这份爱，万贞儿把所有怀上龙种的妃子和宫女们，都逼迫着堕了胎，没有人知道她身上积攒了多少婴儿的怨魂。爱，是绝对的，她只想独占他！

宫里所有的人都知道这个秘密，唯有朱见深被蒙在鼓里，也没有人敢说，因为有废吴皇后的前车之鉴，所有人都知道万贵妃是动不得的。

（三）

　　但是，天有不测风云，海有漏网之鱼。朱皇帝遍地撒种，万贵妃杀得了初一，杀不过十五。终于，在一场又一场的竞争中，朱皇帝的一颗种子幸运地逃脱了万贵妃的毒药，没有被扼杀在萌芽状态，一个小生命在宫女纪氏的肚子里，倔强地成活了。

　　这是一个多么珍贵的小生命！在权欲熏心的后宫中，在悄悄问世的小婴儿面前，在嚣张跋扈的万贵妃权势下，知情的太监、宫女们都默契地人品集体大爆发了。他们一次次地欺瞒过了万贵妃，守住了这个秘密，守住了目前属于大明王朝的唯一后代。

　　下等的奴才做着高贵的事情，他们用自己随时会被夺去的生命，悄无声息的养育着这个不敢存在的孩子。

　　被废的吴皇后，这些年来，通过在冷宫中对人生的思考，已不再像当初那样心浮气盛了。当年风华正茂的吴小姐，已变成了隐忍的弃妇。她默默观察着那个懦弱的男人，默默看着万贞儿变成嗜血的杀手，那个懦弱的男人却从未对他一次次流产的孩子追究过幕后的真相。也许，他心里明白，但是，他不忍说破。

　　吴小姐默默地接过纪氏拜托过来的孩子，加入了这个危险的游戏，将他养育在自己的冷宫中。在这冷宫里，孩子连大声啼哭、增加一点肺活量，都变成了一种奢侈。

　　很多时候，吴小姐会轻轻拍着孩子的屁股蛋自言自语：你说，谁才会笑到最后呢？

（四）

　　六年后的某一天。

　　二十九岁的朱见深照着镜子，发现自己头上已经有了华发，朱见深忧郁起来：我白头发都长出来了，还没有一个儿子！唉，有何颜面面对列祖列宗啊！

　　一旁伺候朱皇帝梳头的太监张敏，听闻此话猛然跪倒，泪水长流："陛下，老奴知道说出这句话就一准要死了，但我还是要说，陛下，您已经有儿子了！"

　　快六岁的孩子还没有名字，快六岁的孩子生父近在咫尺却不能相见，快六岁的孩子不能随便满园子跑着玩……孩子啊！太监张敏正用他的生命，换取着你从此面见天日后的艰难生存!

朱皇帝抱着亲生儿子流泪了!整个紫禁城欢腾了!孩子终见到天日了!

但是,欢乐永远和痛苦并存着,望着朱见深抱着他与别的女人生的孩子,万贞儿也流泪了:群小骗我,群小骗我!

母凭子贵的纪氏也流泪了:我命不久矣,我儿万事当心!

刚满六岁的孩子不明白,他终于见到了亲生父亲,却为什么在一个月内,他的母亲、他身边所有亲近的人,都因自缢、吞金等原因接连暴亡了?他唯一能明白的是,从此再也见不到那些熟悉的面孔了。

祖母周太后用她的臂弯拥住了这个孩子。

周太后曾问朱见深:"万贞儿又老又丑,后宫比她漂亮的女人多得去了,你为什么偏偏最喜欢她?"

朱见深说:"这无关相貌!我只有在她的身边,才能感到安全!"

但是周太后知道,自己的孙子在万贞儿身边绝对不会安全,周太后强硬地用自己的羽翼保护起孙子,断绝孩子与万贞儿的一切接触,她对孩子一而再再而三地告诫说:"只要是万贵妃递过来的东西,统统都不要吃!"

万贞儿终于消停了。

她经常会想起自己那个早夭的孩子,如果他能活着——"如果",这时候对万贞儿来说,真是个很残忍的词儿!

(五)

万贞儿气焰消停了,但体重可没消停。都说心宽才会体胖的,万贞儿怎么着也不是心宽之人啊!但她硬是一年一年地发福到五十八岁,终于,一口痰吐不出来,一口气咽不下去,死了。后宫的女人们长长地舒了一口气:这个狠毒的妇人,早该死了,不死不足以平民愤啊!

万贞儿死了,后宫的女人一片欢声,朱见深却是悲痛欲绝。万贞儿心狠手辣,貌不美心更丑,全国人民可以不喜欢她,却不代表朱见深不喜欢她。

朱见深怎能忘记?十九岁的宫女万贞儿,在他两岁时就来到身边,悉心服侍他的吃喝拉撒,那时他是太子。从他有记忆开始,这个女人就已守候在他的身边,两岁的孩子记到老，这样的烙印是刻骨铭心的。

小小的朱见深不明白，为何周围的人都对他这样冷淡，但万贞儿是知道的，因为他是个有名无实的太子。他的父亲被敌人抓走了，他的叔叔抢夺了皇位，他成为了叔叔即位路上的绊脚石、眼中钉，大家都避之不及，唯恐惹祸上身，就连他的母亲周太后，偷空看看他也是来去匆匆。但万阿姨却从来没有因为他是失势甚至即将被废的太子，怠慢过他一分。

后来，他果然成了废太子。皇上叔叔把他软禁在宫外，还时时刻刻找理由要杀他，哪怕他当时只是个五岁的孩童。在活过今天不知道有没有明天的日子里，在惶惶不可度日的气氛中，唯有这个女人，不理政事的风云变幻，陪在他身边，虽然她不知道他究竟还能活多久。

万阿姨就是他生活里的主心骨，是他唯一感到安全的救命稻草，只有在她的身边，嗅着属于她身体独有的熟悉味道，他才能感觉到人情的温暖。

再后来，他的父亲又得势了，叔叔被扳倒，太子身份恢复了，荣华富贵又回到了他的身边。

朱见深也长大了，他懂得了万贞儿是他嘘寒问暖的母亲，更是他须臾不可分离的女人。

世上还有哪一种情比这种感情更难以分离呢？万贞儿就是他的童年、他的成长、他的生命、他的感情，她了解他所有的恐惧、孤单、寂寞、懦弱、无知！她与他相依为命，一直存在于他的生命里，是他的一切！

然而在万贞儿五十八岁时，却抛下他先走了，在黄泉路上她一定真的宽了心！

（六）

我看过很多言情剧、偶像剧，每当高频率地看到男主角煽动着鼻孔，对女主角痛哭流涕地说"你就是我的生命！没有了你我就会死"时，我就想冲进电视机里很不淑女地抽他丫的两耳光：叫你撒谎！叫你撒谎！

皇帝朱见深也这样说了，万贞儿的离去抽走了他的元气。他能够漠视皇位，漠视若干胚胎的流产，漠视万贞儿张牙舞爪的杀戮，但却不能漠视万贞儿的离世。他悲伤痛哭："万侍长去了，我亦将去矣！"几个月后，四十一岁的朱见深跟随着万贞儿，抑郁而终。

我承认，在看完这段不伦之恋后，我潸然泪下地合上了历史画书（原谅我是个浅薄之人，只看得懂画书）。

从此，你若问我会不会相信爱情，我将仰起头呈45度角，忧伤地吟诗一首：

不管

你信不信

反正

我是信了

玉体横陈处　小怜实堪怜

【百科名片】冯小怜,北齐后主高纬的淑妃,有姿色,擅琵琶,工歌舞,原是皇后穆黄花身边的侍女,后跃上枝头成凤凰,集三千宠爱于一身。她的娇媚与荒唐,使北齐帝国遭到覆亡的命运。

（一）

北齐后主高纬,忙里偷闲从冯小怜身上腾出左手,吱呀一声推开隆基堂的大门,门上沉睡多年的灰尘像受到惊吓一般,在突如其来的光线中,惊慌失措地轻舞飞扬起来。

冯小怜从高纬怀中挣脱出来,兔子撒欢般四处环顾着,欢喜地问:"皇上,这里就是我以后要住的地方吗?"

高纬说:"是啊,这里以前住着曹昭仪,很华丽吧!"

曹昭仪!

冯小怜的脸刷地一下白了,像被多立士的油漆刷了一下!

她怎么会不知道曹昭仪,全北齐的人都知道曹昭仪!

曹昭仪是一对姐妹,姐姐生性稳重,不善淫媚,只因琐事得罪了高纬,被生生地撕去脸皮,赶出了宫!

妹妹倒是巧笑媚人,风情万种,却被穆皇后诬陷她在宫中使用蛊术,被高纬赐三尺白绫,自缢而死!

冯小怜想起曹昭仪的下场,内心一颤,不由自主地用手摸摸自己的脸,又情不自禁地摸摸自己的脖子,似乎感觉自己的脸皮也正在被撕去,自己的脖子也被缢得喘不过气!

不!冯小怜一脸仓皇地投到高纬怀里,依偎在高纬身上,像株菟丝花一样把一双玉臂缠绕上去。

"皇上，你把这隆基堂的地面再重新铺一遍吧，摆设都换掉！"

高纬被菟丝花般娇柔的冯小怜迷酥了心肠，当场许下承诺："没问题！换！统统换掉！"

冯小怜紧紧攀附着高纬，心想，一定要把皇上的宠爱长久占着，决不能沦落到曹昭仪那样的下场！

怎样才能迷住高纬呢？前几任的妃嫔们都被高纬无情地抛弃了！伴君如伴虎，何况高纬是个喜怒无常的主儿！

冯小怜陷入了深深的沉思。

（二）

心动不如行动！

冯小怜有事没事，就会替高纬推拿按摩。

此刻，那双柔弱无骨的纤手又在高纬身上游离了。

这套推拿按摩的技术活儿还要感谢穆黄花皇后，冯小怜以前也经常给穆皇后按摩操练！

冯小怜曾是穆皇后身边的婢女。

穆皇后一度心酸，皇上今天宠爱这个妃子，明天临幸那个昭仪，唯独把自己这个皇后给遗忘在了爱情的角落里！

穆皇后一生气，就把婢女冯小怜送到高纬身边，让冯小怜去离间高纬与其他妃子之间的感情。美人计啊！这是。

美人冯小怜不辱使命，使出浑身解数，让高纬冷落了别的嫔妃，得到了专宠！

但穆皇后还没来得及欢喜呢，就发现她依然是明日黄花！

原来冯小怜纯属肉包子了，有去无回。穆皇后是"赔了丈夫又折婢女"！

此时，已成妃子的冯小怜正像婢女一样，为高纬按摩着。

高纬一双眼睛在冯小怜身上来回扫描，心里啧啧赞叹，冯小怜真是个尤物啊！不仅脸蛋长得漂亮，就连身子也比别人特殊，夏天，身体凉得像冰块，冬天暖得像火炉。

让小消我武断地下一次结论吧，"冰火两重天"这句话的发源地，与冯小怜身体有关是毫无疑问的。

高纬真是艳福不浅啊！冯小怜不仅是高级人体按摩师，还是活体人体空调机！节约、环保又省电！

这么好的宝贝藏在家里实在是太浪费了！应该拿出来晒一晒，才对得起天下子民嘛。

若是北齐有类似中央电视台的鉴宝栏目，高纬指不定会利用皇帝特权，第一个把冯小怜这个宝贝送给鉴宝专家鉴定！

无法克制住要把好东西拿出来与大家分享的高纬，决定为冯小怜搞一场人体艺术展览会！

"冯妃，你把衣服脱干净了，到隆基堂去让大臣们看看，你是多么完美的一个人间尤物啊！"高纬说。

俗话说宰相肚里能撑船，高纬不愧是个皇帝，他肚子里撑的应该是泰坦尼克号！

（三）

冯小怜脱了。

她不得不脱。

如果不脱，高纬可能会像对待曹昭仪一样，撕去她的脸皮。

怕被撕去脸皮的冯小怜，紧紧地捂住脸，像要尽力地保护着什么！

良久，良久，她在心中喟然一声长叹，放下了双手。

她已经想通了，与其被高纬撕去脸皮，倒不如自己撕去，撕得干干净净的！

她决定不要脸皮了。

冯小怜脱得一丝不挂。她珍珠白玉般的娇体躺在隆基堂里，撕开了多少真小人、伪君子的脸皮啊！

参观者们得了便宜当然还要卖乖！

他们拼命奉承着高纬、赞美着冯小怜。

"皇上艳福啊！""天生尤物啊！"伪君子在嘴里艳美着，真小人在心里意淫着。

高纬兴奋极了！看来很有必要加大力度广为宣传，让城内的有钱人来观赏冯小怜，门票千金！先前是白看谁不看，现在是爱看不给看！

高纬得意洋洋地收着门票钱，成天绕着冯小怜转来转去。

冯小怜看着高纬开心的样子，也笑了。

她觉得自己已经征服了高纬。什么皇帝啊，不就像个小孩子一样，怎么高兴怎么哄他玩！尽管陪他胡闹就好了！

冯小怜像三级艳星一样，一脱成名！不带观点地说，她应该是脱星的始祖。

她红了！甚至比导演高纬还红。但有一句话大家千万别忘了：虾子大红之日，就是大悲之时！

当冯小怜像虾米一样躺在隆基堂里玉体横陈时，北周武帝领军犯境了！

（四）

冯小怜根本不懂得什么是犯境、什么叫打仗。

不都是玩儿吗？两个国家的军队一起玩玩嘛，有什么好紧张的！

她只知道陪着高纬玩！只有高纬的宠爱才让她紧张。

冯小怜知道的世事是，只有把高纬哄开心了，她才不会处境凄凉；高纬知道的世事是，冯小怜才是他最好玩的玩伴！

但爱玩的高纬偏偏是北齐的后主，领导着北齐！他不太明白，皇帝身系着社稷的安危，冯小怜也不清楚，皇帝必须担负着国家的兴衰。

纨绔子弟无伟男，高纬不止是个纨绔子弟，还是个纨绔皇帝！

当北周武帝领军猛攻晋州时，纨绔皇帝高纬竟还领着冯小怜在外狩猎！

唉！紧锣密鼓和彩旗飘飘真是密不可分啊！

我甚至怀疑过冯小怜是不是敌人北周武帝安插在高纬身边的间谍，上演了一出北齐版的《色戒》！

瞧瞧，北齐版《色戒》拉开了序幕：

冯小怜玉体横陈，献身了，宠幸了！

北周武帝进攻了！

当高纬与冯小怜狩猎时，接到北周入侵的情报正准备反击，冯小怜说，再玩一会儿，过会儿再去打嘛！

这"再玩一会儿"直接导致晋州被破！

冯小怜怂恿高纬御驾亲征，反攻平阳，鼓舞士气，高纬当然言听计从！

当北齐大军攻至平阳城，士气大振，要乘胜追击时，高纬忽然叫了暂停！原来他要请冯小怜这个特邀嘉宾前来观战。冯小怜认为这是个大场面啊，在军队面前，怎么也要注意形象。于是乎，冯小怜在镜前梳妆打扮，当窗理了云鬓不算，还对镜贴了花黄，等她花枝招展地出来时，周军已经修葺了"360卫士"一样坚不可摧的城墙，战机一失，自然就功亏一篑了！

总攻时，冯小怜一会儿抱怨天气冷，一会儿数落光线暗，看不清楚将士打仗，高纬便将战事一拖再拖！北周理所当然地把北齐颠覆了。

北齐版的《色戒》，在冯小怜的嫣然巧笑下，荒唐落幕了。

（五）

冯小怜陪着高纬，终于把北齐玩没了！

贪玩的高纬被俘了，他被俘时曾提出一个差点让北周武帝喷饭的请求，居然要求归还冯小怜。

对高纬来说，失去北齐远比不上失去冯小怜更叫他肝肠寸断。

高纬和冯小怜在历史中上演了一出真实的、血淋淋的倾城之恋！

高纬被杀时年仅21岁，冯小怜应该更小。

上天毫无选择余地地给了小男孩高纬一个北齐，高纬却在很有余地的情况下，选择了一个冯小怜！

小男孩高纬不懂什么叫管理，他只知道变着法子，怎么刺激怎么玩！冯小怜愿意陪他玩那些在别人眼里不可思议的荒唐游戏。

荒唐吗？冯小怜一定会觉得很无辜，她可能会瞪着大眼睛说："人家是有苦衷的嘛！"先前，她或许真的有苦衷，可后来呢？

后来，她一定大言不惭，觉得自己尽了职责。高纬开心之余的宠爱，让她由麻雀变成了凤凰，别人都叫她冯淑妃！

瞧瞧，我以前是个被使唤的婢女，但我现在连皇上都能使唤！我干吗要拒绝玩下去？

玩火的人终究是要自焚的，北齐灭了，高纬死了，再也没有人像高纬那样无条件、无原则地宠爱冯小怜了。

冯小怜突然很想念高纬。

以前在隆基堂里的玉体横陈，似乎也让她不那么难堪了。高纬曾经那样高兴，为什么不呢？

冯小怜被俘后，曾被周武帝赐给各种各样的男人，最后又沦为了婢女，这让冯小怜愈发觉得，和高纬曾经的一切就像一场荒唐香艳的梦！

她曾对高纬撕下脸皮，毫无顾忌地在他面前撒娇，就像曹昭仪被活生生剥去的脸皮！

其实，她与曹昭仪一样，脸皮都被血淋淋地撕开，长久地悬挂在属于北齐的那片历史的上空飘摇着！

冯小怜终于自杀了，她用三尺白绫缢死了自己，像另一个曹昭仪一样！

不知道是不是因为冯小怜曾经住在曹昭仪的隆基堂，曹昭仪的冤魂缠上了她，血淋淋的脸皮！扼住呼吸的白绫！成了她永远挥之不去的噩梦！

（六）

有一种柔弱的植物，叫菟丝花。

她随地生长，会随意攀附上离她最近的植物，缠绕寄生。

藤绕树、树缠藤，看上去很美！

但终究有一天，树会被缠死。

冯小怜无疑是世上最强势的菟丝花，她随意攀附上北齐后主高纬这棵大树，不知不觉地缠死了一个国家！

冯小怜是北齐的罪人不假，但就是这么一个罪人，却占据了北齐文化里最精彩的一页。玉体横陈，多么风光旖旎的典故，多么浓情香艳的字眼，却偏偏成了北齐文化里的一粒蚊子血，使北齐历史至今无法清澈明净！

旧欢如梦　悲催唐婉

【百科名片】唐婉，字蕙仙，南宋人，生卒年月不详。陆游的表妹，陆游母舅唐诚之女，自幼文静灵秀，才华横溢。她也是陆游的第一任妻子，后因陆母偏见而被拆散，也因此写下著名的《钗头凤》（世情薄）。

（一）

"当年相恋意中人，大家性情近……月底花间相偎依，共喜有缘分。恩爱百般愿比翼，痴心一缕共订盟……立心栽花花不香，仲反惹仇恨……空有爱丝万千丈，可惜都已尽化恨……"

每当我心情郁闷时，就爱到KTV去真情嚎叫一回，并且每每必唱这首忧伤的《旧欢如梦》，像毒瘾发作的瘾君子一样，无法自控。实在让陪同K歌的朋友耳朵受委屈了，没办法，我最喜欢用这首歌追悼我悲催的爱情了。我总是空前阴暗地想，这世上还有谁的爱情比我的更悲催呢？但不想不知道，一想吓一跳！比我悲催的人实在是太多了！随便挑挑就是一对儿，比如南宋时期著名的爱国诗人，陆游和他的表妹唐婉。

唐家有个女儿，叫唐婉，此女才华横溢，才貌俱佳，赚尽了街头巷尾的回头率。这个唐MM呢，有个两小无猜、青梅竹马的恋人，不用说大家都知道，就是陆游了。两人感情深厚，亲密无间，还经常互赠情诗，浪漫得很。时间一长，双方家长就看出了端倪，也各自欢喜，认定两人是天造地设的一对儿了。

结婚前的婆婆们都是很和蔼可亲的哟，陆游的母亲也一样，陆家拿出祖传的凤钗作为定情之物，送给准儿媳唐婉，敲定了这门亲事。

不久后，唐婉就怀着对婚姻生活的美好憧憬，欢欢喜喜地嫁给了相亲相爱的表哥陆游！

（二）

但是，生活若不给你使个绊儿，它就不叫生活。

或许是婆婆觉得唐婉的前半生过得太顺了，心生妒忌；更或许是这个婆婆更年期到了，情绪不稳定，反正左看右看儿媳妇都不那么顺眼了。唐婉和陆游正唱和诗词呢，她就含沙射影地说什么女子无才便是德；唐婉和陆游刚耳鬓厮磨上，她立马横加指责说大丈夫应该淡薄儿女情；陆游起床晚了，她就含蓄地提醒唐婉要珍惜陆游的身体；唐婉和陆游正在情意缠绵着，她就大煞风景喊陆游该看书了，说要考名牌大学的！

受到三从四德、三纲五常教育的唐婉，碰到这种情况，不消说，一定是憋成内伤了，但更让唐婉崩溃的事还在后面。某天，这个会折腾的婆婆闲来无事，突然跑去给小两口合了个八字，回来就让陆游和唐婉离婚！说唐婉会影响儿子的仕途，是陆家的扫把星，寻死觅活地要把儿媳妇赶出去！事情发展到这种地步，连我小消这个一贯与人为善的外人都看不下去了，如果说女子无才便是德，那陆婆婆您真是"德高望重"啊！

唐婉的老公陆文儿就没我这么直白了，他是左哄右劝也拿不住强势的老妈，真是"书到用时方恨少""百无一用是书生"啊！无奈之下，他只好想了个折中的办法，租了间房子，把老婆藏起来，不让老妈知道。不知道的还以为他包二奶了！

这办法可行吗？当然不行。陆婆婆又没工作，又没老伴，也不用到街上跳老年舞，那时也没那么多肥皂剧，简而言之，陆婆婆的时间富裕得很！每天的重点就是盯住儿子要好好学习、天天向上。

于是没过多久，租房住的小夫妻就被发现了，分明是扰乱"君"心嘛，婆婆这次是半点情面也不留，把新婚才一年多的唐婉直接轰回了娘家。

（三）

受到欺辱的唐家很生气，唐婉也很生气。按现今流行的说法是，唐妹妹生气了，后果应该很严重的。但唐MM毕竟是饱读诗书的，也有自己的思想，婆婆强势、老公愚孝，离了也罢！这世上又有谁离了谁活不下去，干吗非得在一棵树上吊死？

短婚无孩的唐婉，数年后便由家人做主，嫁给了同郡士人赵士程。赵士程是个宽厚重情的读书人，他对曾经遭受情感挫折的唐婉，表现出诚挚的同情与深度的谅解。在赵士程细水长流的关心呵护下，唐婉饱受创伤的心灵渐渐恢复平静，她抛却旧日的伤痛，展开了自己新生活的篇章。

陆孝子也在母亲的安排下，娶了母亲满意的儿媳王氏。可天下事不如意的总是十之八九，陆婆婆满意了，陆游同学不满意啊！受到打击后的陆游同学化悲愤为力量，不言不语，收起了满腹的幽怨，把一门心思全用在了读书上。

从此，曾经相爱的两人，被婆媳关系这把利刃切断了悠悠情丝，劳燕分飞，分道扬镳，奔赴向各自的人生旅程。

（四）

然而，唐婉离开后，陆游的仕途并不顺利，官场中的黑暗，升迁中的潜规则，都制约着他，满腹才华却无用武之地，他成了一个愤青！为发泄写下了很多忧民爱国、抗金杀敌的诗句，诗篇中洋溢着强烈的爱国主义情怀！陆游的运气还真是好啊！就这样愤青了几下，一不小心竟然成了南宋著名的爱国诗人。

生活中的不如意，总是令陆游想起前妻唐婉。遗憾就是人生中缺失的那一部分，是阳光下被纠缠的影子，午夜里被闪回的梦境。他原以为人生从此就这样了，平静的心不会再有波澜，直到十年后的一个晌午，陆游独自一人回到家乡，漫步在山阴城的沈园，一抬眼，居然看到了唐婉！

唐婉正与夫君赵士程在园内饮食对酌呢！两人四目遥望，相对无言，天旋地转，整个世界都变成了海市蜃楼的背景，整个洒满阳光的午后都变成了不真实的梦境！

一阵恍惚之后，已是他人之妻的唐婉再深深地一瞥，便走远了，只留下如梦似幻的陆游……

世界上最遥远的距离，是近在咫尺、相互瞭望的星星，却没有了交汇的轨迹；世界上最遥远的距离是星星纵然轨迹交汇，却在转瞬间无处寻觅……

陆游凄凄然然，提笔在墙上题下流传至今的千古绝唱《钗头凤》：

红酥手，黄滕酒，
满城春色宫墙柳。
东风恶，欢情薄。

一杯愁绪，几年离索。
错！错！错！

春如旧，人空瘦，
泪痕红浥鲛绡透。
桃花落，闲池阁，
山盟虽在，锦书难托。
莫！莫！莫！

曾经沧海难为水，除却巫山不是云。有些人你以为淡忘了，却总在不经意的时候跳出来，深深地刺痛你的心。陆游离开后，唐婉孤零零地站在他曾站过的墙角，凝望着他题在墙上的词，忆起难已消散的往昔，不由得又在诗下和上两阕：

世情薄，人情恶，
雨送黄昏花易落。
晓风干，泪痕残，
欲笺心事，独语斜栏。
难！难！难！

人成各，今非昨，
病浑常似秋千索。
角声寒，夜阑珊，
怕人寻问，咽泪装欢。
瞒！瞒！瞒！

看吧！这曾经的小夫妻可真是绝配，连词都赋得那么默契！只可惜相亲相爱的陆唐两人，却碰上个不靠谱的婆婆！人生就是如此，你想过普通的生活，就会遇到普通的挫折，你想过最好的生活，就一定会遇上最强的伤害。

对比一下唐婉MM的坎坷情感，我心里大慰，觉得自己也没有什么好悲催的。以后咱还是不要唱《旧欢如梦》了，改唱《欢乐颂》吧！

鱼玄机 参一生参不透情感的玄机

【百科名片】鱼玄机，晚唐女诗人，初名鱼幼薇，字蕙兰。姿色倾国，天性聪慧，才思敏捷，好读书，喜属文。咸通初嫁于李亿为妾，被弃。咸通七年进咸宜观出家，改名鱼玄机。后因打死婢女绿翘，为京兆温璋判杀。

（一）

小消我从读课外书籍开始，就清楚地记得，唐代有一位美女，芳名鱼玄机。不但人长得美，而且很有才，据说她五岁诵诗，七岁写作，十一二岁时，美才女的名气就传了出去。

于是，就有个叫温庭筠的大诗人慕名前来，经过一番脑筋急转弯的考察后，温庭筠主动要求免费收鱼玄机为徒，由此可见鱼美人确实聪明。

此后一段时间里，鱼玄机和温庭筠一直保持着亦师徒亦父女亦朋友的忘年之交。我曾怀着八卦的心，琢磨他们之间到底是什么"情"？但不可说，一说即破。毕竟两人相差快三十岁了。

有一天，师生二人到城南风光秀丽的崇贞观游览，见到一群新科进士在争相题作。身为女子的鱼玄机很是羡慕，悄悄在墙上涂鸦一首：云峰满月放春晴，历历银钩指下生。自恨罗衣掩诗句，举头空羡榜中名。

这个我就纳闷了，在没有网络的时代，在没有著作权保护的年月，这首诗居然就被某路人看到了。倾慕之余，还千方百计打听到鱼玄机，要温庭筠当媒人帮忙介绍相亲，这个路人名叫李亿。

哇！见到文字就能倾慕，有点类似于现在的网恋哦！

温庭筠见李亿是名门之后，又是中产阶级，也希望鱼玄机幸福，就有心成全他们。鱼玄机是充分相信温老师的，天地君亲师，作为尊师重教的优秀学生，鱼玄机听从组织安排，风风火火地展开了与李亿公子的恋情。

一个"网恋"，就抱得美才女归，李亿心满意足。他为鱼玄机置了林亭别墅，从此，富公子和美才女过上了幸福的生活。

不，确切点说，是过上了"一段"幸福的生活。

（二）

太阳底下，无新鲜事。某天，一个女人破门而入，不由分说地将鱼玄机鞭打了一顿。原来，这女人正是李亿的原配裴氏。

一向惧内的李亿被原配逼着写下休书，将鱼玄机轰了出去。

鱼玄机顿感天塌地陷，世界末日来临了，和李亿抱头痛哭，为什么天下的有情人总不能成眷属？为什么上天要这样对待我们？又没有实行一夫一妻制，为什么不准李亿纳妾？也许验证了"爱是绝对"的说法，也许是裴氏太能折腾，也许是房产不好分配，也许是岳父家很有势力、影响升迁……总之李亿就只说爱她，却不敢娶她。

问世间情为何物？让小三们前赴后继。

陷入情网的鱼玄机也过不了情关。名分只是一张有字的纸，只要能和心上人在一起，那一纸空文要了何益！

鱼玄机住进了李亿为她安顿的一处僻静的道观里，一对有情人开始了日思夜想的生活。

就算才貌双全又如何？还不是长夜漫漫，有约不来，闲敲棋子落灯花。但孤伴青灯的鱼玄机是不怕的，只要心中有爱，只要李亿也惦念着她，她就能等！于是，鱼玄机又多了一个流行称呼——小三。

想要问问你敢不敢，像你说过的那样爱我。想要问问你敢不敢，像我这样为爱痴狂！

（三）

都说爱情是有保质期的，古人也不例外。

爱情要在锅碗瓢盆中才能长久，长期的写写画画、咬文嚼字、诗词歌赋……几年后，李亿的爱情荷尔蒙就淡了，审美也疲劳了，自然而然也就不来看她了。

爱情让人盲目。终于有一天，寂寞和痛苦的鱼玄机盲目地等到了李亿已携家眷远赴扬州为官的消息。

鱼玄机伤心欲绝，再也不相信爱情了！神马爱情，都是浮云！

（四）

鱼玄机要证明，没有爱情自己也能活得很好！

爱情不过是一种无聊的恶作剧，有什么了不起；男人不过是消遣的东西，有什么好稀奇？

失恋后的鱼玄机重新站了起来！她明艳动人、才情出众，她敢作敢为、亦庄亦谐，她将旧情人李亿送给她的道观布置成了妓院，从此客流如织，灯火通明。她在观中收养了几个女徒当侍女，像女王一样，与盈门的香客、宾客、文人整日品茶谈诗，相貌英俊的就冲他们勾勾手指头，男人们就像哈巴狗一样跟到帐中。这些人也许长得像温庭筠，也许长得像李亿，但这些都不重要了，重要的是他们是供她玩弄的男人！

就这样，一年一年地过去了！

鱼玄机看着身边渐渐长大的小侍女们，似乎觉得"只恨君生我未生"的温庭筠淡去了，觉得寡情薄义的李亿模糊了。

就这样谈谈诗、作作赋、聊聊天、调调情，生活也没什么不好。

（五）

感情就像指甲，剪了还会长的！

鱼玄机似乎又渐渐地习惯了情人陈韪的存在。陈韪每天这个时候都会来找她，今天为什么没来？鱼玄机心里有点空，她去询问侍女绿翘。绿翘是个眼睛圆溜溜的丫头，含苞待放，青春逼人，但今天却头发蓬松、面色潮红，似一朵娇艳的花儿。

绿翘说："陈韪来找您，见您不在，就走了！"

走了？陈韪每天都会等她，为什么今天走了？聪明的鱼玄机顿生狐疑，她看了看绿翘的神情，扒下绿翘的衣服，绿翘的胸前有指甲的抓痕。

那应该是留在她胸脯前的抓痕啊!

鱼玄机愤怒了!宛若当年的裴氏,她拿起鞭子,狠狠鞭打着绿翘,"为什么?你这个狐狸精!为什么要抢我的男人!"

绿翘反唇相讥:"为什么?我到目前为止只有他一个男人!你呢?你都有两位数了!你说他会喜欢谁?"

鱼玄机你是个被人抛弃、自甘堕落的小三!

鱼玄机疯了,她抓起绿翘的头发狠狠地往墙上撞,她恨有缘无分、把她拱手相让的温庭筠!她恨寡情薄义的李亿!她恨背叛了她的陈韪!她恨抢她男人的绿翘!她恨男人!她恨女人!为什么受伤的总是我?我有才有貌又重情,为什么却总是被别人伤害、被别人抛弃?

鱼玄机一下一下地狠狠地把绿翘的头往墙上撞,直到眼泪流干了,情绪歇气了,手里没劲了,绿翘的头也耷拉下来,气绝身亡了。

(六)

翠色连荒岸,烟姿入远楼;影铺春水面,花落钓人头。根老藏鱼窟,枝底系客舟;萧萧风雨夜,惊梦复添愁。这是当年温庭筠以《江边柳》为题考她的诗句。

云峰满月放春晴,历历银钩指下生。自恨罗衣掩诗句,举头空羡榜中名。这是牵起与李亿的情缘的诗句。

汝本才女,侬本多情。

鱼玄机被送上囚车,押往斩首台的时候年仅26岁。

我欲穿越唐朝附在她身上,去知晓她在想些什么。

但除了汨汨而下的泪水,她似乎没有任何想法。

抑或,泪水就是她的想法。

非烟一般消失的爱情　不解释

【百科名片】步非烟，也作步飞烟，唐懿宗时期临淮武公业之爱妾，因媒妁所欺嫁于武，容止纤丽，若不胜绮罗。善秦声，好文笔，尤工击瓯，其韵与丝竹合。因与邻居私通，被武公业鞭打至死。

（一）

出轨并不可怕，可怕的是正在出轨时，被撞到了——这句话不仅可以用来描述2008年胶济铁路事故，也可以用来八卦一下步非烟的婚姻！

步非烟，又名步飞烟。女，唐朝人，豆蔻年华，容貌秀丽，身材苗条，感情细腻。爱好广泛，多才多艺，尤其喜爱音乐，善秦声，好文笔，能弹一手绝妙的琵琶，敲击一手好筑，欲觅温文尔雅、情投意合的有缘人。

武公业，男，唐朝人，任河南府(洛阳)功曹参军，在编在岗的公务员。虎背熊腰，体魄强健，敦厚耿直，粗犷热情，极富男子汉气概，爱好舞刀弄棍，想找年轻、漂亮、身材好的女人为妾。

这些都是画外音，毕竟人家内心的想法是不会这么直白地告诉我们的！古人，那可是讲究含蓄的。小消我之所以这么肯定地说，是源于我读到他们的故事时，明明白白地听见从远古时代传来这样一段清清楚楚真真切切的类似于导播的话语。

看完这段画外音，您一定觉得这两人很登对是吗？恭喜你，跟古人步调一致。唐朝婚介机构的某媒婆也觉得他俩很登对，她本着"撮合一对是一对"的服务理念，靠着"绩效与结婚率挂钩"的工作动力，热情主动地上门营销，终于凭借那三寸不烂之舌，将武公业成功地推销给了步非烟。

唐朝那会儿，没我们现在这么开放，还不时兴自由恋爱，不然哪犯得着媒婆将步MM投机倒把骗到武公业家里去呢！

要搁当下，以步MM的条件，多少须眉蜂拥而上啊，有想让她坐在宝马车里哭的,也有想让她坐在自行车后面笑的!媒婆估计连让步非烟按下红灯的机会都挨不上边——非诚勿扰呗!

可叹步MM生错了时代,总之,单纯的步非烟不仅轻易地相信了媒婆那张巧嘴,更有甚者,她在连未来夫婿的面都没见过的情况下,便怀着能嫁给一个白面书生的梦想,被哄骗到了一名五大三粗的武将家中。

悲剧就是这样产生的,让小消我忍不住仰天长叹:看来虚拟的世界不仅仅只在网络啊!

不难想象,步非烟MM在新婚之夜,红盖头被摘下来的那一瞬间,梦想破裂,人生灰暗,跳楼的心都有了!

(二)

有位哲人曾说过,结婚是女人的第二次投胎。

步非烟的第二次投胎,既然已经敲锣打鼓地成了定局,再回娘家去是不可能了,就像第一次投胎生下来,不可能再塞回娘肚子里一样!既然结了婚,日子总得过下去,然而,步非烟却总觉得孤寂。

步非烟排遣寂寞的方式就是写写诗填填词,然后兴致勃勃地拿给武公业看,指望着他能真心赞赏一下,哪想武公业却大言不惭地说自己不识字。步非烟就退而求其次,弹弹琵琶敲敲筑,那韵律十分动听,武公业偏偏牛头不对马嘴地夸奖老婆你长得真好看!步非烟万般无奈,想做个小女人撒撒娇闹闹情绪,结果武公业偏偏不解风情地说自己要出差了。步非烟由于满腔愁绪无处诉说,渐渐地多愁善感、易怒易哭起来,武公业不仅不安慰,还毫不客气地批评她,老婆你越来越做作,越来越小资了!

所谓孤独,就是你面对的那个人,他的思绪和你不在同一个频率上。

陷入深度孤独的步非烟,经常会站在后院里,思索有关人生的哲理,为什么生活和自己想象的差别那么大?人生是被何人彩排的?日子就这样"明日复明日,明日何其多"地过下去吗?这些问题苦苦困扰着她。

这一天,步非烟如往常一样正在后院感悟人生,隔墙突然传来一位男子的朗朗读书声,那声音抑扬顿挫,充满了磁性,古诗词在这声音的包裹下更散发着独特的韵味,不用多说,步非烟被这声音打动了。

用时下流行的话来说,这就是磁场啊!

从那天起,邻院的读书声总是萦绕在她的耳畔,在她孤寂的内心种下了一颗随时准备破土的种子。

(三)

这个一不小心在步非烟心里投了颗种子的人是谁呢?他就是与武家仅一墙之隔的邻居赵象。

古人有诗曰:"满园春色关不住,一枝红杏出墙来"。还没等隔壁家的红杏主动出墙呢,赵象就已经想爬过墙去把红杏摘掉了。女人太漂亮了,想不引起注意都难啊!在漂亮的步非烟面前,年轻的赵象忘了兔子不吃窝边草的戒律,以迅雷不及掩耳之势,对偶遇的步非烟一见钟情了。

赵象辗转反侧,朝思暮想,终于有一天壮着胆子,拿出重金去贿赂武家的门卫,求门卫在步非烟面前能够提起他,让她知道这世上还有他这样一个痴心的暗恋者存在。

篱笆扎得牢,野狗钻不进!这话又一次不幸得到印证。

估计武公业平时付给门卫的工资比较低,加上自己也没什么学问,日常政治工作自然抓得不严,更别奢谈对门卫进行什么思想素质教育了。千里之堤,溃于蚁穴啊,守门人寻思着:门卫的职责是守住财产安全,没义务帮武公业守老婆,何况只是传个口信,顺便赚点外快,又能送赵象一个人情,一举两得的事儿啊!

见钱眼开的门卫便把那句闲话顺带捎了,期间也不排除这家伙热衷于满足一下自己的猎奇心理。他是这么告诉步非烟的,隔壁的那谁谁谁好像特中意你!也许在门卫那儿,这只是一句轻描淡写的话,但在步非烟的心里却翻起了惊涛骇浪。我喜欢你你若不喜欢我,我也就认命了,但是偏偏咱们都互相喜欢,有情人却碍于自己的已婚身份不能在一起,也只能怪我们有缘无分了,哎,恨不相逢未嫁时!

人生,咋就有那么多恨呢?

步非烟一面为自己遇到一份意外的小爱情而窃喜,一面又为自己的已婚身份而苦恼。她总是幻想,如果自己的丈夫是赵象,那人生该有多完美啊!赵象能看懂她的诗，听懂她的曲，了解她的心，赵象就是她曾经幻想过无数遍的白马王子的化身啊！

上天既然让我们错过了，为什么还要让我们相遇呢？如果错过了，我将不用了解爱的滋味，平平淡淡地也就过完这一生了，却偏偏又遇上了你。你拨动了我的心弦，却又不能和我在一起，我们仅一墙之隔，但那墙，却是命运的高墙，翻不过去了！

咫尺即天涯。

步非烟辗转反侧，夜不能寐。女人不比男人，赵象怎么辗转反侧都还有趴在墙头等红杏的精气神儿，步非烟却终于病倒了。

病得迷迷糊糊的步非烟，恍恍惚惚看到赵象来到了自己家中。像赵家后人赵本山小品《卖拐》里说的，步非烟迷糊了没？迷糊了！那不是幻觉啊，的的确确是门卫把赵象带进来了。

难为赵象了，每天都渴望得到步非烟的消息，每天都期盼能看步非烟一眼，那真叫个望眼欲穿啊！已经有好几天没见到她了，赵象内心焦虑不已，每天缠着门卫，软磨硬泡，终于得知武公业出差在外，步非烟病了却没人照顾的消息。

赵象又贿赂了门卫一笔重金，这次央求能见她一面！

看来得寸进尺的人，什么时代都一样多！

赵象你真好，我病成啥样了武公业从来都不曾挂心过，这世上只有你关心我！步非烟在赵象面前流泪了，她痛斥媒婆的欺骗，哭诉自己的孤独，倾诉曾经对爱的渴望！

赵象不失时机地拍拍胸脯说，你别担心，从此以后我就在你身边！这种举动估计从他那开始代代相传，一直到如今，也没哪个男人能整出点新花样来！

俗话说得好，世上就没有忠贞的人，你忠贞是因为你受到的诱惑不够！步非烟受到足够的诱惑了，吸引她的便是赵象对她的理解！

你抵抗得了诱惑，说明你是个好人；你抵抗不了诱惑，说明你曾经是个好人！

曾经是个好人的步非烟出轨了！

（四）

不管步非烟找了多少理由开脱自己的不贞，总之出轨成了她无可辩驳的事实！她挑战了传统的道德底线，成功地给武公业戴了顶能压死人的绿帽子！

在背离传统道德的日子里，步非烟过得充实而幸福，看来，"人不是依靠道德才能生存"这话还真不假。她的诗词歌赋得到了欣赏，她的弹琴敲筑得到了赞美，她的无限风情得到了解读，她先前的道德呢，没人提及！

在内心得到慰藉的日子里，她和情人用小纸条传达着彼此的思念和爱慕。步非烟告诉赵象，她其实并不是一个随便的女人，千万不要看轻她。赵象说他理解，他知道她对他的付出全都是因为爱！他们趁武公业不在家时，偷偷地约会，体验着鱼水相溶的快乐，与赵象相处的这段时间，无疑是步非烟人生中最幸福的时光！

但是，天下没有不透风的墙，何况两家的墙这么近，不仅透了风，还透了春光。

终于有一天，一个与步非烟有过节的小奴婢向武公业告密了：喂！武公业！你老婆给你戴了顶绿帽子你还不知道啊！武公业怒火中烧，老婆出轨是男人最大的耻辱，如果不抓住这对奸夫淫妇那我不就成"忍者神龟"了？！于是，在一个风急月黑的夜晚，武公业借口出差偷偷杀了个回马枪，在一片慌乱之中，武公业扯下了爬墙逃跑的奸夫的一片衣角。

夺妻之恨啊！武公业自然是暴跳如雷，转过身来大声质问步非烟！他以为柔弱的小妻子会跪下来向他认错，抱着他哭诉自己是一时糊涂，情非得已，然后呼天抢地地求他原谅。

因为她知道，他在盛怒之下会毫不留情地打死她！

然而，让武公业惊讶的是，步非烟竟然淡淡地说："生即相爱，死亦何恨！"

武公业不怒极生悲是很没面子的，你这个下贱的女人，出轨了居然还这么狂妄！武公业抽出马鞭，一鞭鞭地抽打在步非烟身上，你个下贱的女人！我打死你！你这个恬不知耻的女人！

皮鞭一阵紧似一阵，步非烟居然感觉不到痛。她看着丈夫狂暴的嘴脸，很想问他，如果他是真心爱她，这样打她会心疼吗？她也问自己是否还想回到过去，回到没有认识赵象以前那段枯燥孤寂的日子，不，她再也不想回去了！

步非烟慢慢地闭上了眼睛，从此以后她再也不会忧伤，她已为爱生过为爱死过，生即相爱，死亦何恨！

步非烟毫无怨言地做了只想挣脱不幸婚姻的战斗机，宁愿粉身碎骨，也在所不惜！

（五）

步非烟在历史上一直是个有争议的女人，她对丈夫不忠贞，有些道貌岸然的伪君子会骂她，打死活该！却也有被她的爱情宣言感动而同情她的人，生即相爱，死亦何恨！表达了她心中多么真挚的爱！只是，结过婚的人如何有资格对婚外的人谈爱呢？

爱是一个有弹性的字眼！极限处总有个是非曲直。

爱情只是个孩子，请你放过他！

步非烟，连你活在这世上唯一拥有的爱，也会被人嗤之以鼻！步非烟不想解释、不想澄清，她就这样被丈夫活活打死了，她用自己的性命去撞击这命运的枷锁，直到鲜血淋漓！

有人说，她可以离了婚再去谈恋爱，对不起，我也不知道她为什么不离婚。有些婚或许真的离不掉，有些人或者很软弱，有些人或者很害怕，人性的不可捉摸就如同命运的不可预测！

步非烟的情人赵象在步非烟逝世之后，经常到她坟头去哭泣，去静坐，但却也像那坟墓一样，保持了沉默！

他只能选择沉默。不解释也许就是最好的解释。

宿瘤女　不哗众照样也取宠

【百科名片】宿瘤女，战国时齐国东郭采桑之女。齐闵王出游至东郭，百姓尽往观之，唯宿瘤女采桑如故，王召问之，遂立为后。

（一）

如何成功地吸引一个男人关注自己？这个问题，让曾处在青春懵懂期的我深深地迷茫、彷徨，或许是我的无限纠结让哪位神仙姐姐也为之心疼了，她玉手一挥，一则齐国宿瘤女的故事便在我面前徐徐展开了，她的经历让我犹如拨开乌云见太阳，一下子扯掉了让帅男对我无视的屏障！小消我一直遵循"好东西是要分享"这一放之四海皆准的千古明训，这不，立马毫不藏私地拿出来晒一晒，以期成功挽救更多迷茫的少女于水深火热的纠结中！

怎么说，这也是功德无量的一件好事。

"宿瘤女"是齐国人给她取的外号，原因是她脖子上长了一个大肉瘤，那肉瘤大得我都不忍心替她描述，每敲一个字，心里都颤巍巍的，疼！

这样说吧，但凡她走起路来，那个东西就会摇摇晃晃。唉！脖子上挂个大肉瘤，该有多难受啊，我稍微找了一下感觉，脖子就不由自主地歪了。让一个女人长成这样，还真是惨绝人寰哪，因为这件事，我再也不相信上天有好生之德了！但人家宿瘤女居然很淡定，每天挂着大肉瘤，背着筐采采茶摘摘桑，只管认真做着自己的事，一点也不在意别人的眼光。

就凭这一点，她就无可争议地成了小消我崇拜的对象！

光阴一重又一重，转眼间宿瘤女就已到了二十七八，老姑娘了，却还是没人愿意娶她，脖子上的宿瘤把她变成了剩女。

（二）

如果不出意外，宿瘤女可能会把单身进行到底了，但有句话怎么说来着？山重水复疑无路，柳暗花明又一村。

有一天，齐闵王下乡去视察工作，收到通知的人们都手捧鲜花夹道欢迎。可能当时条件有限，没有锣鼓喧天、红旗招展、鞭炮齐鸣的直播画面出现。但人民还是非常的热情，握手的握手，寒暄的寒暄，女人们更是怀抱着嫁入豪门的远大理想，把无数的媚眼电波高频率地抛向齐闵王，齐闵王一下子感到自己光芒万丈了！

光芒万丈的齐闵王微笑着向群众频频挥手：同志们好！同志们辛苦了！整个视察场面都洋溢在热情和谐的气氛中。恰好这时，一个女人的背影跃入了齐闵王的眼中，咦？这女人不仅把背对着我，还正在采摘桑叶呢，完全就是无视领导的存在嘛！与这个场面太不和谐了。自我感觉正良好的齐闵王，自尊心受到了打击，他倒要好好看看这个女人究竟是何方神圣。

（三）

齐闵王还是很有领导范儿的，他慢悠悠地踱到女人背后，说："姑娘，寡人今日出游，有轿子有保镖，气派得很，别人都放下手头的活儿前来观望，唯独你，不把本王放在眼里，照旧采桑！是领导重要，还是采桑重要！嗯？"

这一"嗯"，很是"嗯"出了帝王的尊严！

女人听到问话只是一转头，齐闵王的尊严就吓没了！

天啊，她脖子上居然长了那么大一个肉瘤！真是看了背影想犯罪，看了正面想自卫。小消我心理阴暗地揣测，齐闵王一定是后悔死跟宿瘤女搭讪了。好在齐闵王还是个自控能力比较强的人，他看那女人的嘴正在一张一合，赶忙屏气凝神地听她讲话。只听宿瘤女说："我妈妈让我在这里采桑，没有让我去看稀奇，我若是喜欢看自然会去看了，不过我认为采桑才是目前最应该做的事！"

怎么说齐闵王也是个大领导啊，平时都是美女们主动投怀送抱，冷不丁碰到一个还挺有个性的女人，顿觉兴致盎然。

然而，齐闵王提起的那点兴致，一落到宿瘤女的那颗瘤上，就被击得七零八落、溃不成军了。宿瘤女注意到了齐闵王的眼神，丝毫不以为意，微微一笑说："你是在看我的瘤子吧？这瘤子从小就有了，用了很多方法都治不好。以前我也曾为它烦恼，但时间长了就想开了，身体发肤，受之父母，既然已经长在我身上，我又没办法改变，倒不如接受它好了。只要我认真做好采桑的工作，就能养得活我的父母，有个瘤子也没什么，起码它不影响我工作啊！"

齐闵王听到这话，真觉得这女孩子心灵美啊，观念一转变，再看宿瘤女，若不是脖子上有个瘤，其实也挺清秀的。齐闵王忍不住为她惋惜道："难道这瘤子不会影响你的婚嫁吗？"

宿瘤女仍然笑笑说："只注重外表的肤浅男人，错过了也不觉得有什么可惜的！"

齐闵王一听，哼！别的男人肤浅，我可一点都不肤浅啊，你跟我回宫去吧，我立马封你为王后！

换上别人，估计早就麻利地跟在齐闵王屁股后头跑了，宿瘤女却仍然淡淡地："我妈妈还不知道这事呢！我要是不跟爸爸妈妈商量，就跟你跑了，那就是私奔啊！很不好的名声呢。我好歹也是黄花大闺女，你要是不送彩礼表示诚意，我死也不能从命！"

齐闵王的气势这会儿已完全被宿瘤女的自信与淡定压住了，为树立自己一代贤君的光辉形象，他一记长揖："小姐所言极是，是寡人想得不够周到！"接着，他指挥随从，带上黄金千两，浩浩荡荡地前往宿瘤女家慰问并提亲去了。

（四）

呵呵，英国漂亮的凯特·米德尔顿经过十年的爱情长跑才嫁入皇室成为王妃，而在几千年前的中国，即将奔三，脖子上还长着大瘤子的剩女，就凭着短短的几句话，也要嫁到皇室做王后。

小消我忍不住要高声欢呼了，戴安娜、凯特等灰姑娘王妃都要在我国的宿瘤女面前甘拜下风，还是咱中国人略胜一筹！宿瘤女让我的爱国情怀陡然高涨，我深深地为自己是个中国人而感到自豪！

话说自己的丑女儿要嫁出去当王后，这可把宿瘤女父母这老两口高兴坏了，天上掉的馅饼千万不能让它馊了呀！老两口千叮咛万嘱咐，让宿瘤女打扮得漂亮一点，把脖子上的瘤盖住，别让一时头脑发热的齐闵王回头后悔了。可这宿瘤女还真是挺有主见，心想，我反正长得也就这样了，爱谁谁去！她没换一件婚纱，也没化个新娘妆，素面朝天地就进宫去了。

宫里的美女们见齐闵王带回个脖子上长了个大包的女人，都笑坏了，齐闵王你在哪里找了个打工妹啊？鄙夷声、耻笑声让齐闵王很尴尬："严肃点！结婚呢，这么大的事要喜庆！其实她只要修饰一下，还是很漂亮的！"

宾客们笑得更大声了，这时新娘发话了："修饰不修饰相差何止百倍！尧、舜用仁义修饰自己，安于节俭，天下人齐声称赞；桀、纣不以仁义修饰自己，建高台深池，修宫廷内院，肉山酒海，穷奢极欲，以至身死国丧，令天下人耻笑。由此看来，修不修饰，如何修饰，相差甚远！"

这一番话讲得那叫一个金石落地、掷地有声，令齐闵王和嫔妃大臣们肃然起敬，原来宿瘤女还是个政坛高手！

人不可貌相，宿瘤女的才能不可斗量！

从此，齐闵王在宿瘤女的建议下，拆除了奢华的宫室，节省费用，摒弃浮华，励精图治，任用贤能，终于在公元前288年，与秦国并立，号为东帝。

（五）

我觉得这不仅仅是个历史故事，它更是个励志故事——我脖子上并没有长宿瘤，宿瘤女却能够"飞上枝头当凤凰"，从某种意义上说，它极大地激发了我的自信！

我从宿瘤女的身上得到一个启示：一个女人若要脱颖而出就必须与众不同。别人斯文我活泼，别人活泼我淡定，要时时刻刻把自己当根葱！一句话，别人把你当人时千万别把自己当人，别人不把你当人时一定要拿自己当人。

你要问我后来理论加实践了没有？我可以羞答答地告诉你，我实践并成功了！

那天，我中意的帅哥在众美女的簇拥下左右逢源，我一个人孤零零地坐在人群后释放我的忧伤，想象着自己就是宿瘤女，在齐闵王面前默默地采着桑叶。

帅哥果然注意到我了！他顶着日光灯的万丈光芒向我走来，末了还像卫斯理一样很有绅士风度地弯下腰，然后温柔地问道："小消，你脖子扭了吗？"

那一刻，大家不难想象，我脖子没扭，心扭了！

掩鼻一计生郑袖　红袖秉烛不添香

【百科名片】郑袖，春秋时期楚怀王熊槐的宠姬，美貌而心妒，性聪慧。是中国信史早期具有代表性的美女，她干预朝政，收受贿赂，放走张仪，令楚国终至"兵挫地削，亡其六郡，身客死于秦，为天下笑"。

（一）

郑袖会称呼魏美人为好妹妹，有点出乎魏美人的意料。从这点来看，魏美人应该划为头发长见识短的女人行列。如果她能早点意识到自己可悲的结局，那么这个意外只是一个悲剧的开始。

"好妹妹，你瞧瞧，这是郑国送的食品、陈国送的衣服、齐国送的首饰，你喜欢哪个，就尽管挑！"郑袖望着魏美人笑吟吟地说。

郑袖的笑看上去非常真诚，她一边热情地向魏美人推荐这些珍贵的礼物，一边大方地让魏美人挑选自己喜欢的物品，一点也不担心魏美人会横刀夺爱的样子。其实在她心里，魏美人已经夺去了她的最爱。

这些身外之物，郑袖是不放在眼里的。

然而郑袖的笑容越友善，魏美人的心里就越忐忑。

郑袖为什么要向她示好呢？理应恨她都来不及，魏美人可是郑袖的情敌啊！

郑袖以前是楚怀王的宠姬，但自从魏美人过来后，楚怀王的一腔柔情就转移到魏美人这儿了。

有哪个女人愿意接受自己的男人移情别恋？更何况是宫中的女人！多少人的寄托都聚焦在了一个男人身上啊！

嫔妃失宠，不仅意味着她以后的光阴将在冷宫中度过，而且连同她的富贵、地位以及其他人的尊敬也将一并失去！真正的牵一发而动全身。

郑袖的失宠，正是因为魏美人这只"鸠"占去了她的"鹊巢"。然而郑袖不但没有排挤她，还对她百般示好。

莫不是黄鼠狼给鸡拜年——没安好心？不只是魏美人会这样想，换谁都会这样怀疑。

害人之心不可有，防人之心不可无！

郑袖像是看出了魏美人的疑虑，说："好妹妹，我们共同服侍了楚怀王，就要和睦相处，女人之间的嫉妒千万不要在我们身上发生。楚怀王喜欢什么，我就喜欢什么，他喜欢你，我也喜欢你！这叫爱屋及乌啊，妹妹你说是吗？"

郑袖说着，脸上的笑容更真诚了，一派现代版知心姐姐的范儿。

跟着，她还自降身价，亲自在魏美人的头上插上翡翠簪，郑袖的动作轻柔无比，生怕弄痛了魏美人的心思。

魏美人的警惕一放松吧，自然就大意了，敢情郑袖是想通过对她的友情，共同分得楚怀王的一份宠爱呀！这事好说，幸福是要分享的，老祖宗也说过，独乐乐不如众乐乐！

魏美人被郑袖的刻意讨好弄得乐不可支，越发觉得只要拥有楚怀王的恩宠，就能拥有一切。不用说，眼下的魏美人感到自己的心像一只鼓胀的气球，有点飘飘然了。

在郑袖甘愿低人一等的姿态下，魏美人也觉得自己应该投之以桃报之以李。

和谐发展是硬道理！

（二）

郑袖对魏美人笑语盈盈、称姐呼妹，丝绸饰物大方相赠，视这只占了"鹊巢"的"鸠"如同亲人。其实在为魏美人插翡翠簪子的时候，她恨不得把簪子插入这只"鸠"的脑袋，像拔掉鸠的羽毛一样拔光魏美人的头发！

但时候未到，郑袖想，现在若捅了"鸠"，"鹊巢"也会跟着破损。得不偿失的事儿不能干，大局，大局！郑袖的大局，她红袖挥舞下，蓄势待发的大局！

郑袖努力克制住自己，必须想个万无一失的法子除掉魏美人才行——只有和魏美人关系亲如姐妹了，才有机会陷害她，这样楚怀王就不会怀疑我了！郑袖暗暗寻思。

优秀的猎手不只是会对猎物动手，还必须学会更好地潜伏，不让猎物发觉，也不让其他猎手发觉。想在楚怀王身边一枝独秀，郑袖首先得学会保护自己。若想蔷薇开得鲜艳，就必须剪除身边的杂草。

(三)

郑袖和魏美人情同姐妹的事在宫中已经不是新闻，连楚怀王都知道了。

楚怀王很高兴，在许多公开或不公开的场合都表扬说，妒忌是女人的本性，但是郑袖和魏美人非但不妒忌，反而关系融洽，这是值得后宫所有女人学习的榜样！要大力宣传。

得到楚怀王的夸奖，魏美人和郑袖都很高兴！

这天晚上，两姐妹又坐在一起秉烛谈心，推心置腹。自从楚怀王肯定了她们的感情后，两人夜晚促膝谈心已是家常便饭。

说得正欢时，郑袖突然怔怔地望着魏美人不说话了。

魏美人被郑袖看得有点发毛，莫不是脸上有什么？她忍不住摸了摸自己的脸。

"妹妹，你长得真是太漂亮了，难怪楚怀王会这样喜欢你！"郑袖说。

魏美人听了这话，总算舒了一口气。能后来居上从郑袖那里争得楚怀王的宠幸，她凭的就是这副美貌。美貌对于女人实在是太重要了，那是对男人最直接最有效最具杀伤力的独门暗器啊。

魏美人一口气没舒完，郑袖紧跟着突然又叹了口气，由此可见郑袖是很懂得抖包袱的人。

"怎么了？"魏美人心里果然一沉，问。

郑袖做出一副欲言又止的表情："还是不要说的好！"

女人的好奇心可不会因为她是美人而减弱几分，果然魏美人入了郑袖的套，她一把抓住郑袖的手说："好姐姐，你就告诉我吧！"

"那我可说了啊，"郑袖做出下了很大决心的样子，附在魏美人耳边说："楚怀王跟我说，你哪里都长得漂亮，唯一的缺点就是鼻子大了点！"

"真的吗？"魏美人望着镜子里的自己，越看越觉得鼻子的确是大了些，看来美中还真是有不足的！

"那可怎么办呀？"魏美人问。女人总是不停地追求完美，魏美人也不例外，何况外貌就是她得圣宠的保证啊。

郑袖像姐姐一样教她："女人呀，要学会藏拙，鼻子不好看不要紧，你见楚怀王时，用手把鼻子挡住，这样他就看不到了。"

"嗯，也对！"魏美人对着镜子，用手挡住鼻子，像见到楚怀王那样，妩媚地笑了一下。

郑袖也看着魏美人笑了一下。

郑袖的笑一点也不妩媚，可魏美人没有注意，她只注意自己了。一个只关注自己的人，让小消我很郁闷，不知道该不该施予自己有限的同情！

（四）

魏美人再见楚怀王时，就像郑袖教的那样，把楚怀王认为长得有点大的鼻子用手遮住。

魏美人遮住鼻子望着楚怀王甜蜜地笑，心想这下你看不到我的鼻子，就不会认为我有缺点了。

过了几天，魏美人在远处看到楚怀王与郑袖说着话。楚怀王一边说话一边拿一双不怒自威的大眼睛狐疑地扫视着她。那表情，似乎想求证什么！

肯定是求证自己的鼻子是不是影响了自己的美貌！魏美人赶快挡住鼻子对楚怀王笑了一下，心里还寻思着这笑容够不够明艳动人。

但世事难料，这一刻平静，下一秒就会波谲云诡！

魏美人正保持着自己最好的状态向楚怀王走去呢，却料不到她这一刻的风姿绰约在下一秒便将是恍若隔世！

还没等魏美人走近，楚怀王便突然大怒，大声下令："贱妇！来人！给我把魏美人的鼻子剐掉，关押起来！没我的允许不准放出来！"

魏美人大惊失色！难道她的鼻子竟丑到要被剐掉的地步吗？丑到楚怀王再也不愿见到她吗？

一阵剧痛袭来，魏美人再用手去挡鼻子时，才惊觉自己的鼻子没有了！

究竟发生什么事了？

魏美人用惊恐的眼睛四处寻找答案，答案就在郑袖那深不可测的笑意里！

是她！是郑袖！

(五)

郑袖躺在楚怀王身边心满意足地笑了，终于把那个傻女人除掉了！

为这一天的到来，郑袖等了太久。

魏美人藏的是她的鼻子，郑袖藏的是她的心思。女人，一定要学会真正的藏拙，而不是稀里糊涂地被藏了拙！

当楚怀王和魏美人颠龙鸾凤时，郑袖藏在一边心如刀割。

当楚怀王和魏美人打情骂俏时，郑袖藏在一旁咬牙切齿。

但当他们向郑袖望过来时，郑袖笑得比谁都开心。爱一个人，就是让对方幸福，她的笑任谁都是这样理解的！

其实，直到把魏美人的鼻子割掉后，郑袖才真正从心底笑了。

魏美人漂亮的容貌毁了，楚怀王从此再也没多看她一眼，被魏美人分走的宠爱终于又重新归属了郑袖一个人。

暗中使绊子的破坏力，远远超过明目张胆的掐架。

郑袖究竟做了什么？

她只不过是费尽心力地取得了魏美人的信任，再把她哄到悬崖边上，轻轻地推了一把。

那天楚怀王问郑袖："为什么最近几天，魏美人老用手把鼻子挡着，望着我笑？"

郑袖欲言又止："这个，这个，我怎么可能知道呢？"

郑袖越装出为难的样子，楚怀王越要问她，"你们不是情同姐妹吗？姐妹之间总有些悄悄话！"

郑袖只好勉为其难，吞吞吐吐地说："她……她好像是嫌弃您身上有狐臭吧？"

楚怀王大怒，魏美人不仅用手把鼻子挡着嫌弃他的体味，还敢望着他耻笑啊！

劓之！

锯子伶牙俐齿，专做离间之事。而郑袖无疑是电锯，电锯惊魂！

（六）

　　我曾经看过一则寓言：美和丑一起脱掉衣服，在海里洗澡。没过一会儿，丑回到岸上，穿上美的衣服走了。

　　然后美也上岸了，她找不到自己的衣服，但又羞于裸露身体，只好穿上丑的衣服走了。

　　所以直至今日，人们都看不清对方正常的外表下，究竟隐藏着什么样的心！

　　聊斋里面有女鬼会画人皮，现实里面有没有画着人皮的鬼隐藏在我们周围？

　　历史上，魏美人遇到过一个，你呢？

横波一顾八艳首　秦淮往事真爱有

【百科名片】 顾横波（公元1619年—公元1664年），明末清初人，本名顾媚，字眉生，又名顾眉，号横波，又号智珠、善才君，亦号梅生，人称横波夫人，秦淮八艳中地位最显赫的一位，受诰封为一品夫人。

（一）

水是眼波横，山是眉峰聚。欲问行人去哪边？眉眼盈盈处。

当我看到"顾横波"这个名字，并得知此名字能荣登古代秦淮八艳风云榜时，脑子里就如烟花绚烂般"腾"地一下闪现出上面这首诗。这个女人该长得有几多风情，才能配得上"横波"二字啊？

横波一笑百媚生！即使是想象力贫瘠如小消我一般，也只需闭上眼睛随便幻想一下，一位绝代佳人就隔着云端冲我嫣然回首了，那眉梢、那眼角，顾盼生辉间，闪的全是24K钻石熠熠的光芒！甚至还有画外音袅袅响起，"钻石恒久远，一颗永流传！"我知道，在我眼前流转的不是钻石的光芒，是顾横波这三个字带来的光芒。

大煞风景的事发生了！

我的一位异性朋友立马打破了我的幻想。他说，顾横波？明明是个男人的名字啊，俗，不可耐的俗！我重重地呸了他一口。这人啊，有没有想象力，从细枝末节上就能淋漓尽致地体现出来！难怪老祖宗有言在先，一粒尘沙看世界，半瓣花香知人情！

顾横波能被评选为明末清初的金陵秦淮艳妓，模样儿当然是出类拔萃了，这些都不是关键，关键是她不但会写清新的诗，还会画雅致的兰。这我就纳闷了，古代的美才女怎么就像现在的总经理一样多呢？一砖头砸下去能砸倒九个，还有一个在扔砖头。

我那位朋友又跳出来大发厥词了，古代的女人都不用工作也不能自由恋爱，当然有大把的时间用来提升自我、陶冶情操了。我再次又重又狠地呸了他一口，人家顾横波不仅拥有"名妓"这份在明末清初时期很有前途的工作，而且还利用工作之便自由恋爱了好几次！

由此可见，顾横波的EQ和IQ都很高！这样的美女还用得着提升自我、陶冶情操吗？

顾横波的IQ我没办法学来，但她的EQ很值得研究一下。她通过婚姻，由一介风月场上的名妓受诰封为一品夫人，成为秦淮八艳中地位最显赫的一位。要知道，爱情和婚姻可都是相当有难度的技术活，顾横波是如何做到鱼与熊掌兼得的？

（二）

说到顾横波的情史，就不得不八卦一下她的绯闻男友。

顾横波的绯闻男友名叫刘芳，是南京城里的名门公子。但凡是公子哥吧，平时的消遣就是喜欢到类似茶楼、酒吧的地方坐坐了，刘公子也不例外。某天，刘芳公子就消遣到顾横波的眉楼里去了。眉楼是客流如织的地方！也难怪，有顾横波这样的美女做招牌，眉楼的生意想不盈门都不行，特别是男顾客，那是趋之若鹜！

谁说只有女人的钱好赚？分明是性别歧视，我看男人的钱也很好赚，眉楼就是活生生的例子。

刘芳一见到顾横波，就掉进那盈盈秋波里爬不出来了，也不管顾横波是不是青楼女子，就不顾一切地爱上了。顾横波呢，估计也正在为未来作打算，名妓这一行虽然现在很吃香，但毕竟是青春饭，以后的事没人说得准。

英雄怕末路，美人怕迟暮，老话可是谆谆教诲过，好花不常开，好景不常在！女人的青春就那么几年，一晃就过去了，所以一定要在青春尚在的时候，找好长期饭票。

长期饭票就在刘芳身上揣着呢！

顾横波和刘芳一拍即合，甜甜蜜蜜地谈起了恋爱。一晃就谈了三年，刘芳却绝口不提要娶顾横波过门的事！

有一位领袖说过，不以结婚为目的的恋爱都是耍流氓！这刘芳能得到秦淮八艳之一的垂青，已是流氓到了登峰造极的地步！还不知足是怎么的？

顾横波有点不知所措了，她实在不知道刘芳怎么想。三年的时间很长，长得让她可以看清刘芳的每一寸肌肤，却唯独看不透刘芳的心思！

"爱情令人盲目"这话，也不是说了一天两天了。

（三）

刘芳怎么想的？不难推测，顾横波再漂亮，也只是个青楼女子，名妓的名气再大，也是个妓！刘芳好歹也是名门公子，肯定不愿意把青楼女子娶回家里做老婆！女人名声不好，娶回家去总觉得心里磕碜！

当我那位异性朋友得知刘芳不肯与顾横波结婚时，又适时地发表意见了，事不过三，我都不好意思指责他大煞风景了，他还振振有词地说："最近火得不行的《男人帮》看过吧？里头有套理论可以盗版一下，这顾横波就像山，她的第一个男人就像第一个征服这座山的登山客，在山上插了个小旗，然后下山。后来有旅游的、有搞地质勘查的，顾横波就成景点了！等刘芳上山一看，好家伙，满山的彩旗飘飘啊！人家刘芳肯定不乐意了，只谈恋爱可以，娶回家肯定得考虑考虑。"

作为女人，小消我对这一套理论强烈表示不屑，如果说顾横波是旅游景点，那光顾她的男人就是贴在旅游景点上的牛皮癣，怎么撕都撕不干净！刘芳无疑是最大最惹眼的那块！

"牛皮癣"刘芳就这样恬不知耻地黏在顾横波身边，不分手，也不结婚。

终于有一天，顾横波等到了肯将她收购为私有财产的人，便毫不犹豫地把刘芳这块牛皮癣撕去了！

也不怕撕得鲜血淋漓的。

长痛不如短痛！

（四）

那天，刘芳和以前一样，跑到眉楼准备与顾横波情意绵绵，哪晓得顾横波见到刘芳时眉毛一挑，言语间早没了昔日的柔情。

顾横波的冷淡，直接把刘芳从男朋友降格为了游客！刘芳颜面扫地，私下一打听，才知顾横波久久等不到他实现曾许下的诺言，便将秋波转移到了别人身上！这个横刀夺爱的人就是安徽合肥的进士龚鼎孳，顾横波与龚进士一见钟情，互赠定情之物，并已答应龚鼎孳，与他同去京城了！

刘芳急得直跳脚，任他百般挽回，顾横波是兀自不理。这刘芳真是贱得不轻，失去后才懂得珍惜，当顾横波在身边时他百般推脱，一旦顾横波旧情不再，他又后悔莫及！

奈何曾经沧海难为水，除却巫山不是云。刘芳情至深处，一时想不开，居然就殉情而死了！

一时间，关于顾横波的负面新闻是铺天盖地：顾横波背信弃义啦！青楼女人果然寡情啦！幸好当年没有互联网，不然顾横波早就被人肉N次了，想死怕都没有葬身之地。也不知道顾横波得知前男友为自己殉情而死的消息时，心里有什么想法，反正历史上没有明确交代，只知道她果断朝自己的锦绣前程义无反顾地奔赴而去！

刘芳曾向她许下的诺言没有实现，顾横波难道不怕龚鼎孳会重蹈覆辙吗？

小消我忍不住为顾横波揪了一把心。

（五）

谁说她不怕？顾横波心里原来早就对男人有了阴影！

就在顾横波一心等待龚鼎孳来娶她的时候，眉楼突然回来了一位姐妹。她两年前被一位大款相中，用大量珠宝把她聘回府中做了小妾，当年风风光光地嫁出去，可婚后处处受到婆家人的排挤，日子过得并不如意。这些倒也罢了，偏偏两年后，这大款又相中了一位青春貌美的小三，从此只听新人笑，哪里闻得旧人哭。大款渐渐对小妾冷落起来，最后连生活费也不再提供，逼得她只好重操旧业。

顾横波听完这位姐妹的哭诉后，心乱如麻，婚姻真是女人的第二次投胎吗？是男人可靠还是自己更可靠？

女人一纠结，男人就喋血。

龚鼎孳一年后如约来娶她，顾横波居然背盟不嫁了。理由很简单，自己出身青楼，身份低贱，不配做官家贵妇，若龚鼎孳对她是真心，就一年后再来吧，到时候看心情再说。

顾横波纯粹是在玩真爱大考验啊！

"这女人就是爱折腾！"我那朋友是不煞风景死不休啊，他又大言不惭地发表谬论了，"恋爱中的女人就爱穷折腾，想出各种各样的考验方式来证明自己在男人心中的地位。"

小消我学鲁迅先生横眉冷对，篡改某名言回答说："生命在于折腾！特别是婚前更要折腾，要是婚后变成黄脸婆了再折腾，那就是瞎折腾，男人那会儿谁还把你放在心上啊！"

这龚鼎孳经得起折腾吗？

（六）

龚鼎孳是经得起折腾的！作为女性，小消我强烈要求当今的男人都要向龚鼎孳同志学习！

跟历朝历代流传的痴心女子负心汉的事件恰恰相反，龚鼎孳一年后果真跑来娶顾横波了，这次顾横波毫不犹豫地结婚了。算是完美大结局吧，皆大欢喜！

"那顾横波结婚后还有没有折腾？"朋友还嫌自己不够折腾，又冲我发问。

"嗯，没有了，一般故事都是在王子和公主过上了幸福的生活时结尾！"感谢爹妈给了我强健的体魄，总算没有被朋友问得狂吐鲜血。

"那顾横波结婚后和龚鼎孳过得好吗？"朋友看来不折腾到底不会善罢甘休。

"关于这个吗，历史上有两种说法，我不知道是哪一个！"

第一个，崇祯十七年三月，明朝统治已经彻底崩溃，闯王李自成的大顺军攻到北京城下，大明帝国灰飞烟灭，龚鼎孳当了汉奸，又在新朝为官，顾横波妻凭夫贵，被受封为诰命夫人。从此龚鼎孳顶着汉奸的骂名，和顾横波白首到老，和和美美地过了一生。

第二个，龚鼎孳变节时，朋友们都骂他汉奸，龚鼎孳答："我愿欲死，奈小妾不肯何！"于是，世人都千夫所指，大骂顾横波对刘芳背盟，又使龚鼎孳晚节不保。万般无奈的顾横波看破红尘，皈依佛门，在她家附近的长椿寺内修建了妙光阁，从此不问世事。

究竟哪一个更为准确？这最后一问是我自己发自内心提出的。

作为女人，我知道历史上有这么一个随香艳的秦淮河水一直欢畅流淌、喧嚣红尘的答案，那就是：

秦淮八艳之一的顾横波，曾真爱过！或者，被真爱过！

越姬一越　飞越沧海成蝴蝶

【百科名片】周楚昭王姬姒氏，越王勾践女也。昭王与蔡越二姬游而乐，约同生死，蔡姬愿从，越姬未之许。及王病危，越姬请以身祷。先驱狐狸于地下，王止之。越姬曰，昔者妾虽不言，心已许之矣，妾闻信者不负其心，义者不虚设其事，妾死王之义，不死王之好也！遂自杀。

(一)

楚昭王特别喜爱他的两位妃嫔。

一位是漂亮的蔡姬，一位是美丽的越姬。

很多时候，我们以为漂亮与美丽可以打等号，其实不然。按小消我的思维分析，漂亮是肤浅的，美丽是深刻的，这点越姬在历史上的一个飞跃给我做了强有力的佐证。

此刻，楚昭王正左手环着蔡姬，右手绕着越姬，逍遥自在地漫步在翠影红霞映朝日的好天气里。

真是一组其乐融融的"三好"家庭！哪三好？你好我好他也好！

"他也好"的楚昭王侧过头瞧瞧左侧的蔡姬，蔡姬的脸像清晨的大白菜那样白皙鲜嫩。

楚昭王又紧绕住右侧的越姬，越姬的身体像秋收的萝卜一样蓬勃饱满。

虽说是萝卜白菜各有所爱，但楚昭王目前还真分不出他更爱哪一个，蔡姬和越姬都很合他的胃口！

这天底下的男人，胃口总是大过女人！

蔡姬和越姬谁会更爱本王呢？饱暖之后思淫欲，淫欲之后乱思绪！

胡思乱想的楚昭王估计是吃得太饱了，他利用自身的特权左拥右抱还不够，又心血来潮，觉得自己有必要做一回天平，掂量一下自己在她们心中的分量！

如何衡量自己在他人心中的分量？

这个问题我曾在网上看过，答案是，若对方有钱没时间，就占用他的时间；若对方有时间没钱，就宰他的钱！肯用自己稀缺的那部分来让你开心的人，就证明他重视你。

蔡姬和越姬不缺钱也不缺时间，楚昭王会用什么方法来测试她们呢？

这还真是个技术活！

（二）

胡思乱想、苦思冥想之后，楚昭王就一手抱着一个老婆开始拐弯抹角地测试了："和本王一起生活，开不开心呀？"

"太开心了！"蔡姬一脸深情地回答完毕，还不忘抛了个媚眼过去。

楚昭王说："本王也很开心，生活是多么美好呀！我愿意和自己的爱人同生共死！你们是愿意我为你们死呢？还是愿意你们为我死啊？"

人最宝贵的就是生命，它属于人只有一次！楚昭王用两个老婆最宝贵的生命来进行感情测试，还真是无毒不丈夫啊！

蔡姬的回答更是深情款款了："我愿意！活着在一起快乐，死了也要在一起开心！"说完又砸过去一个飞吻。

听听，这是多么热辣的情话啊！如果蔡姬能穿越时空来到现在，一定会对韩剧里演烂了的台词不屑一顾。这是她蔡姬在楚国版的"蓝色生死恋"里早就玩过的啊！

楚昭王听了蔡姬的情话，回头让跟在身后的史官记下，蔡姬愿为我而死！

史官一字不漏地记下了！跟着停笔等待记录另一个人的答复。

楚昭王等了半晌，却没听到越姬的声音，就像雷声没紧跟住闪电一样不自然。

楚昭王心里的天平有那么点儿倾斜了。他追问越姬："你呢？你愿意为我而死吗？"

越姬沉默半晌，回答说："昔日的国君庄王淫乐三年，不理政事，最终改正，于是称霸天下。我以为君王能像庄王那样，改变贪图享乐的做法，勤于政事，现在看来，却不是这样！你只顾着玩，还想让我为你而死，这怎么能行呢？"

楚昭王本来玩得很高兴，想做个小测试滋润滋润心情，没想到越姬像个严肃的教导主任，开口闭口就告诫他不能只顾着贪玩，还要工作！

越姬嘴里的谆谆训导还在像雾像雨又像风一样朝他扑面而来！

楚昭王搂住越姬的胳膊不由得松了劲，他闷闷不乐地扭过头对史官说："记下来，越姬不愿为我而死！"

一个晓得把自己当天平使用的人，多少还是有点头脑的。

楚昭王扫兴之余，还是仔细思量了越姬的话，觉得越姬说得有些道理，作为君王的他，这段时间的确是太过于贪图享乐了！

楚昭王从此在工作态度上有所改正，却也在感情上，对越姬有所疏离了。他对越姬多了一份敬重，是"敬而远之"的"敬"，倒是对蔡姬更添了几份爱怜。

小消我在深深地为越姬打抱不平之余，在此做个友情提示：此爱情测试会带来感情风险，请勿模仿楚昭王！

（三）

二十五年后。

楚昭王因战事去救陈国，带上了蔡姬和越姬。

行军途中，楚昭王突然病了。

病来如山倒，楚昭王竟然在打仗的紧要关头卧床不起。

某天，病重的楚昭王做了个梦，梦到天空中一团赤红色的云挟制住太阳，好像怪鸟一样凶猛地朝他扑过来！

楚昭王惊醒后赶快传召军中的术士周史，令周史速速解梦。

周史掐指一算，不好啊，大王！这是个不吉利的梦，化解的办法就是找一个地位相当的人代替大王去死。依我看，将相的地位是相当的！

大王有难！这事被忠义的将相们知道了，他们纷纷请愿，都要求由自己代替楚昭王去挡住这道劫数。

现在正打仗呢，优秀的将相对于楚国来说，就像楚昭王的胳膊和大腿，不可或缺！楚昭王坚决不同意。

越姬听闻此事后便去找楚昭王。

越姬说:"我愿意替您而死!以前在游玩时,我没有许诺要与您同死,但如今,君王已能够做到以礼待人,连将相们都抢着为君王而死!君王的道德,真的很伟大,让我为您挡去劫难吧!"

越姬的举动,让楚昭王想起了二十五年前的"真爱测试",想起了他曾让史官刻在竹简上的那些话:

蔡姬愿为我而死!

越姬不愿为我而死!

而如今,在紧要关头,当年口口声声承诺愿意为他死的蔡姬躲着不见面,肯站出来的却是不愿多说一句甜言蜜语的越姬。

"不!以前游乐时,我只不过是开玩笑!"楚昭王说。

越姬望着楚昭王,一字一顿地说:"大王,这些话您可以当做玩笑来说,我却不能当做玩笑话来听!以前我口里虽然不肯承诺,其实心里早已经许诺了!我愿意为坚守义节的大王而死,不愿意为喜好游乐的大王而死!"

人类多奇怪啊!眼睛可以看,耳朵可以听,嘴巴可以讲,肢体可以动,这么多的功能却偏偏窥不透对方藏在身体里的一颗心!

人们是被嘴上的甜言蜜语蒙蔽了双眼,还是双耳只乐意听进浪漫的情话?

枉楚昭王曾把越姬冷落这么些年!应该惭愧,抑或是内疚?

楚昭王还在反省自己的行为,越姬便自杀了。

她的自杀是个言行上的质的飞越,让历史上多少只会说豪言不见壮举的须眉也为之低头,汗颜。

楚昭王却并没有如越姬所愿消掉劫难,不久后也挂了。

封建迷信真是害死人,而且是害死了越姬这样本应该可以破茧成蝶的优秀女人。

(四)

蝴蝶为花碎,花却随风飞,花飞蝴蝶飞,双双落成灰。

看完了楚昭王和蔡姬、越姬的"三人恋",我不禁联想到了现代人的感情。

在现代,纯洁的感情,总是被权力、金钱、房子和花言巧语等各种因素干扰。

很多人还不懂得感情，就不明不白地结婚了。

如今中国人的婚礼，正在流行着一套从西方舶来的问答仪式。

——无论她/他将来是顺境还是逆境、富有还是贫穷、健康或是疾病、快乐或是忧愁，你都愿意和她/他永远在一起吗？

——我愿意！

——我愿意！

然后两人结婚。

但据说中国的离婚率近八年来，在"我愿意"这三个字后面都在呈梯形状态持续递增。

当对方像蔡姬一样毫不犹豫地回答"我愿意"的时候，你有没有闭上眼睛认真地想一下，他/她是否真的愿意？

你是否曾遇到过像越姬一样，因不肯表露情感而轻易错过的人？

这一问，实在是多余，因为美丽的蝴蝶都已飞过了沧海！

秋后团扇班婕妤　痴情总有自伤赋

【百科名片】班婕妤（公元前48年—公元2年），西汉女辞赋家，是中国文学史上以辞赋见长的女作家之一。初为少使，立为婕妤，《汉书·外戚传》中有她的传记，现存作品仅三篇，分别是《自伤赋》《捣素赋》《团扇歌》。

（一）

美女班婕妤原本是很幸福的。

原本，班婕妤拥有着老公汉成帝的三千宠爱，三千宠爱，多么令人嫉妒的数字！幸好小消我不是数字控，不然得羡慕死！

班婕妤长得美，但绝不是中看不中用的花瓶，她出身于文化底蕴深厚的高级知识分子家庭，从小就受到良好的文化熏陶。客观的说法是，班婕妤出口必能成章，引经绝对据典，诗词歌赋都装在胸前；时髦的说法是，班婕妤不但是汉成帝的好妻子，更是他的活动图书馆，移动MP3！

试问，哪个朝代的皇帝，能有这么一个全能的移动小秘书啊！

出得厅堂入得书房的班婕妤，拥有着汉成帝的宠爱，却并未遭到汉成帝的大老婆——许皇后的挤兑！这是很难得的。

班婕妤温顺谦卑，低调随和，从不觊觎皇后的正座，许皇后把班婕妤当做毫无侵略性的好朋友！

温和的班婕妤不仅没遇到后宫女人之间常见的争风吃醋问题，就连最难缠的婆媳关系也没有问题！婆婆王太后，逢人就夸班婕妤会为人、会处事，是个明理懂事的好媳妇儿！

而班婕妤，能获得目前的这一切幸福，都得好好感谢班爸爸、班妈妈，感谢他们让班家女儿从小受到的良好教育！

传统教育告诉她，作为女人，要温柔、谦逊、要贤淑、有妇德！

班婕妤是个刻苦学习、能把理论付诸实践的好公民，她成为了生在旧社会、长在传统文化下的先锋完美妇女楷模！

但楷模班婕妤，不知道自己究竟还有哪里做得不够好！

自从赵飞燕和赵合德两个"古惑女"进宫后，班婕妤的幸福就被离经叛道的社会渣女在举手投足之间毁于一旦了！

（二）

赵飞燕和赵合德有多蛊惑？优秀楷模班婕妤听到她们的事迹就会面红耳赤。

就拿她们两姐妹进宫后发生的事来说吧！

姐姐赵飞燕，眼神勾人魂魄、歌喉清丽动人、舞姿婀娜曼妙，她是汉成帝在某天微服私访时邂逅的！汉成帝将赵飞燕带回宫后，赵飞燕居然连着三天以各种各样的理由，欲擒故纵地温柔推脱掉汉成帝的召幸，只为把汉成帝逗弄得兴致盎然、心痒难耐！

还有某天，单薄瘦弱的赵飞燕挥着长袖在池塘边上跳舞，一时舞得忘情，差点掉进池塘里！多亏汉成帝眼疾手快身手敏捷，一把将赵飞燕的裙袂拉住，才避免了"飞燕"变成"落汤燕"的结果！不过事后，赵飞燕却满脸娇嗔地对汉成帝倒打了一耙："讨厌死了啦！都怪你拉了人家啦，人家正准备飞到天上做仙女的啦！"

啊！原来赵飞燕是被汉成帝强留在人间的仙女呀！难怪她能把整个汉宫整得像天上人间，小消我真是恍然大悟！

再说妹妹赵合德，也能和姐姐赵飞燕争夺天上人间的头魁。和身材纤细的姐姐相比，赵合德生得体态丰腴、玉肤滑肌。某天，赵合德正在房间里洗澡，惊觉汉成帝在窗外偷看！赵合德也不去娇羞地捅破那层窗户纸，而是更加绮丽地揉揉小脚丫，挠挠胳肢窝，撩撩湿头发，只把汉成帝迷倒在温柔乡里爬不起来了！

于是，陷在温柔乡里的汉成帝经常抱着妹妹想姐姐，抱着姐姐想妹妹，他多想创新一种娱乐方式叫"双飞燕"啊！后来，汉成帝实在受不了这种端着碗望着锅的欲望了，索性吃上了大锅饭！于是乎，三人同枕，汉成帝将赵飞燕和赵合德两姐妹一锅端了！

一锅端后，汉成帝的欲望世界一下子清静了，但旧爱班婕妤的情感世界却炸开了锅！

皇上，你还记得你身畔的"移动MP3"班婕妤吗？连小消在写赵飞燕和赵合德这两个妖女如何尽施媚术时，都差点把传统的乖乖女班婕妤写忘了！就更别想汉成帝还会惦记着她了！

汉成帝更是把淑女班婕妤设置为聊天记录，自动删除了！

（三）

赵飞燕和赵合德真是不要脸！受过良好传统教育的淑女班婕妤不得不这样想！

女人居然能做到这样不知羞耻，换班婕妤压根儿就不敢见人了！

她班婕妤做人做得有多本分？"先锋完美妇女"的光荣称号可不是浪得的虚名！

想当年班婕妤还受宠的时候，汉成帝为了时刻与班婕妤形影不离，令人做了一辆巨大的辇车！常规的辇车只有一个座位，这个特制的大型辇车却有并排的两个座位，汉成帝特意为班婕妤留了位置！

但班婕妤却婉拒了这份殊荣，为什么？

听听班婕妤怎么说的吧！

班婕妤谦逊有礼地垂手站立着说，皇上啊，看古代留下的图画，圣贤之君，都是名臣在侧。夏、商、周三代的末主夏桀、商纣、周幽王，才有宠幸的妃子在侧，最后都落到国亡身毁的境地。我如果和您同车进出，那就跟他们别无二样了，能不让人凛然而惊吗？

若换成赵飞燕和赵合德，她们一定会要求坐到汉成帝大腿上去的啊！一个坐左腿，一个坐右腿！

我们的楷模班婕妤，却老老实实地坐上另外一辆小辇车，规规矩矩地跟在汉成帝的大辇车后面！

辇车事件被婆婆王太后知道后，感动得不得了！太后激动地赞叹，古有樊姬，今有班婕妤！

樊姬是谁？是救国英雄啊！是与嫘祖、嫫母齐名的伟大女性。

据说，楚庄王即位之初，特喜欢打猎，整天不务正业，是樊姬苦苦相劝，不肯吃禽兽的肉！令楚庄王终于感动，改过自新，勤于政事，最终成为了春秋五霸之一。

婆婆王太后把班婕妤比作樊姬，是对媳妇班婕妤莫大的赞赏与肯定！

如此贤德的妃子，汉成帝居然不待见，反而迷上赵飞燕和赵合德两个狐媚子不愿自拔。

汉成帝的移情别恋，就像秋风扫荡了班婕妤心底的落叶，怎么叫她不心寒呀！

（四）

班婕妤毕竟是有文化有素质的人，她断不会像泼妇一样大哭大闹，也不会像妒妇一样争风吃醋，班婕妤选择了沉默。

感情由不得她左右，只有顺其自然了。班婕妤肯顺其自然，但汉成帝的大老婆许皇后未必肯！

许皇后恨透了赵家姐妹这对狐狸精！但对她们无计可施！

赵飞燕和赵合德是两个姐妹抱成了无坚不摧的团，是汉宫的TWINS组合！许皇后和班婕妤呢？是两只秋后的蚱蜢拴在一根绳上，不能比肩的啊！

许皇后恨得牙痒痒，决定为自己抓住最后一根救命稻草！

这根稻草就是尽快为汉成帝生一个皇子，母凭子贵嘛！待皇后的地位巩固后，还怕整不死姓赵的两个狐狸精？

盼子心切的许皇后立马请了个巫师设坛作法，万能的佛祖啊！请你赐我一个皇子吧！

可许皇后祈子的香火还没燃尽呢，赵飞燕和赵合德也开始作法了！

赵飞燕和赵合德作法不用请巫师，直接请汉成帝！

皇上啊，许皇后正在宫中设坛祈祷诅咒宫廷呢，大逆不道啊！

许皇后一时情急，手足无措，百口莫辩！

汉成帝大怒，好你个许皇后！作为皇后不以身作则，还带头惑乱宫廷！来人，收回皇后印绶，打入冷宫！

皇上啊，许皇后被打入冷宫，皇后的位置空了，给谁坐才好呢？

嗯，依朕看让飞燕做皇后吧！合德做昭仪！可惜皇后只能有一个，不然朕让合德也做皇后！

得了，许皇后是偷鸡不成蚀把米，连皇后的宝座都搭上了，便宜了赵飞燕和赵合德！

这赵飞燕和赵合德是看戏不怕台高，又乘胜追击，皇上啊，还有你的那个旧爱班婕妤，她和许皇后一向一个鼻孔出气！这设坛诅咒宫廷的事，班婕妤肯定也参与了！

嗯！宝贝们说得有理！来人啊，传召班婕妤！

班婕妤的一颗心，顿时拔凉拔凉的！

俗话说，惹不起躲得起，但班婕妤这次居然是躲都没躲过！

（五）

班婕妤站到了汉成帝面前。

她一向是宠辱不惊、淡然自若的，但这次，脸上却带了一抹凄然。

皇上啊，任别人不相信我，诬陷我，但您怎么也不相信我呢？

您忘了我们曾经的和睦与美好了吗？

难道曾经白月光似的班婕妤，已经变成沾在龙袍上的白饭粒了吗？

是平淡如水的淡雅，最终比不上痴缠癫狂的喧嚣吗？

班婕妤不知道，也无从询问。

紧要关头，班婕妤得不到汉成帝的庇护，唯有自保！

班婕妤像站在汉成帝当年为她特制的大辇车前那样，谦逊有礼、垂手站立，她说："我知道人的寿命长短是命中注定，人的贫富也是上天注定，这些都不是人力所能改变的！祈祷着修成正果的尚且未能得福，那为邪恶祈祷还有什么希望？若是鬼神有知，岂肯听信没有信念的祈祷？万一神明无知，诅咒有何益处？"

班婕妤谦逊地说，她非但不敢做，且不屑做！

汉成帝悄悄打量起了班婕妤，原来这个温顺的小女人，言语上谦逊，内心里却自有一番傲骨！表面上不惹是非，心里却也是不屑啊！

他仔细思量着班婕妤的话，又忆起班婕妤素日的光明磊落，愈发觉得，有素质的班婕妤不可能会做背后诅咒人这种没有素质的事！

汉成帝为了弥补心里的愧疚，决定重重赏赐班婕妤！

"算了！"班婕妤说。班婕妤想起了嚣张跋扈的赵飞燕和赵合德，想起了已在温柔乡沉迷不醒的汉成帝，脸上浮现出一丝疲惫。

"皇上，您让我离开昭阳宫，到长信宫去服侍婆婆王太后吧！"

班婕妤倦了。

她只想远离这尘世间的沉沉浮浮、是是非非。

既然没有人欣赏,那就孤芳自赏!

(六)

班婕妤搬到了长信宫,远离了那个负心的男人。

这样的日子过得安静又寂寥。

宫里幽暗而冷清,大宫门和小宫门成日紧闭。华丽的宫殿落满灰尘,玉砌的台阶长满青苔,荒芜的中庭也杂草丛生。宽广的客厅冷冷清清,孤独的班婕妤,在房间里聆听着秋风的心思。

白色的帷幄随风飘动,仿佛传来了衣服摩擦的沙沙声。

皇上的帐幕和绸衣是否依旧闪烁着温润的红光呢?班婕妤的泪水悄无声息地滑落下来。

班婕妤每天在听秋风呜咽之余,不停地靠写写画画来抒发心中积压的情绪。

还真是塞翁失马,焉知非福啊!班婕妤在无聊的光阴消遣中,所写下的诗词歌赋,阴差阳错地使她成为了西汉著名的女辞赋家!

代表作有《自伤赋》《捣素赋》等,还有一首著名的《团扇诗》:

新裂齐纨素,鲜洁如霜雪。
裁为合欢扇,团圆似明月。
出入君怀袖,动摇微风发。
常恐秋节至,凉飚夺炎热。
弃捐箧笥中,恩情中道绝。

自打班婕妤把自己比喻为秋天被人遗忘的扇子后,文人们都爱把遭遇负心郎的女子比喻成秋扇了!

楷模班婕妤摇身一变,成了宫廷怨妇的金牌代言人!

如果失恋也能让小消我成为一个著名的女作家,我愿意失恋一千次!当秋扇代言人一万次!

（七）

绥和二年三月，汉成帝驾崩于未央宫，死在了赵合德的床上！

纵欲真是害死人，若汉成帝一心一意跟着班婕妤，说不定能多活好多年！

班婕妤是女作家，她能不懂养生吗？

精于吃喝玩乐的赵飞燕和赵合德就不同了，赵飞燕为了保持细腰，用麝香熏肚脐，导致终生未孕。

赵合德为了情欲，把皇上玩死在了床上，正吓得瑟瑟发抖！

能不抖吗？把皇上玩死了，这罪名谁担当得起？出去了铁定会被大臣们掐死啊。

这回可不像许皇后那样，直接废掉打入冷宫就完事了，间接害死皇上是要偿命的。反正小命难保了，不如留个全尸好了。

于是，赵合德用三尺白绫自缢而死！

赵飞燕趁人不备逃出宫去，不久，因受不了贫穷和欺辱，也自杀了。

天作孽，犹可为，自作孽，不可活！

都死了，闹剧终于收场，只剩下班婕妤。

"太后，让我去为汉成帝守陵吧！"班婕妤对婆婆王太后说。

班婕妤主动请缨，守在汉成帝墓前许多年，直到去世。

班婕妤日日谛听着松风天籁，看着供桌上的香烟缭绕，心里是前所未有的宁静！

汉成帝啊，你以后再也不会变心了，你身边终于只有一个人了，那人就是——我，班婕妤！

天厌的南子　走私的后妃

【百科名片】南子，春秋时杰出的女政治家，曾见过孔子。卫国卫灵公夫人，原为宋国公主。据《左传》推断，南子当生于昭公五年左右（小灵公三十岁），嫁给卫灵公时应为昭公二十二年，如《吕氏春秋》无误，南子应卒于定公十七年之前。

（一）

南子是个名声很差的女人，差到成为了春秋时期卫国人民口中津津乐道的笑话！

卫国人民没办法不关注南子，因为她是卫国的公众人物。

南子以前是宋国的公主，现在是卫国的国母！国母，是要母仪天下的，南子倒好，成了天下人的笑话。

南子的丈夫是卫国第二十八代国君，卫灵公。

卫灵公很喜欢南子，但他更爱弥子瑕！弥子瑕是卫灵公的宠臣，更重要的是，弥子瑕是一个男子！

没错，卫灵公很喜欢南子，但更爱男子！

原来卫灵公是个同性恋！看来"断背"这玩意儿，也不是从国外传过来的什么新鲜事了！这对那些动不动就崇洋媚外的假洋鬼子们打击很大。

那你一定要问，卫灵公既然是同性恋，南子为什么要嫁给他？

因为这是没办法的事！

南子虽是宋国的公主，但卫国比宋国的势力更强大。

为了国家能长治久安，为了人民能安居乐业，宋国的年轻公主南子就嫁给了卫国的老年国君卫灵公！

卫灵公比南子大三十岁，这是标准的老牛吃嫩草啊！

不难推测，南子是被嫁出国门的，这也是她在娘家人面前唯一可以引以为傲的资本，怎么说都是为国家的和平做出了不可磨灭的贡献啊！

按上述的事迹梗概，成为卫国人民口中的笑话的应该是卫灵公，关南子什么事呢？

更劲爆的事儿还在后头！

（二）

丈夫卫灵公有断袖之癖，南子终于看出来了。

南子又不是傻子，何况这件事在外面已传得沸沸扬扬！

据说卫灵公和他的宠臣弥子瑕，在公众场合都表现得亲亲热热的，太有超前意识了，都不晓得这种事不可为外人道也。

传闻有一天，宠臣弥子瑕将吃不完的桃子当着众人的面，把另一半塞到了国君卫灵公嘴里！

搁别的国君，是"欺"君之罪啊，要诛灭九族的！卫灵公却表现得开明大度，不仅肯吃臣子吃剩下的桃子，还嚼得满口生津！

嘴里心里都甜丝丝的卫灵公，甚至对弥子瑕赞不绝口，子瑕真是太爱我了，一个桃子都舍不得一个人吃，还记着分我一半！

从此，"食桃"便成了男同性恋的代名词！

你在食桃啊？

你才食桃呢！你们全家都食桃！

请原谅！小消我思维间歇性跳跃，突然幻想到春秋时期的卫国人民在吵架时，会不会声嘶力竭地使用这句杀伤力指数达到一百的流行语呢？

南子听到"食桃"的坊间传闻时，迅速作出了回应！

你食别人的桃是吧，那我让别人食你的杏！于是南子出轨了。

卫灵公在朝堂上食桃食得开心，南子在后院红杏出墙也出得尽情！

（三）

这个胆敢偷红杏的人，就是南子婚前在宋国的初恋情人——公子朝。

南子和公子朝旧情复燃了！

她舟车劳顿地奔波于卫国与宋国之间,用回娘家的借口,与情人公子朝偷偷地幽会!

纸包不住火,墙挡不住风!

卫国的国君夫人南子有情人了!

被这一消息刺激的人们,交头接耳,奔走相告。这个流言终于传到了卫灵公耳中。

卫灵公却并没有勃然大怒,把夫人南子往死里打;也没有甜言蜜语,想方设法去挽回南子的心!他居然热情地把南子的情人公子朝,从宋国请到卫国吃饭来了!这真是让人们大跌眼镜。

于是卫国人民又有了新的流行语——公子朝,卫灵公喊你到卫国来吃饭!

好吧,地球人已经无法阻挡卫灵公的强悍了!

(四)

卫灵公专门为公子朝和南子另建了寝宫,以方便他们偷情。瞧瞧,多么善解人意、大公无私的君王!如果春秋时期设个"君子成人之美"排行榜的话,卫灵公绝对能众望所归一举拔得头筹!

难道是"老牛"卫灵公因为自己的同性恋行为,对"嫩草"样的南子心怀愧疚了?

不得而知!

因为大多数人只能窥知结果,不能窥探过程!史书上也只记载了卫灵公的行为,没有解读他的心理!

卫灵公这一"失态"举动更让人们窃窃私语,一个同性恋的男人,一个美而淫的女人,还真是"不是一家人不进一家门"!

从此,南子和公子朝、卫灵公和弥子瑕便在人们的侧目中,过上了其乐融融的淫乱生活。

四个人有时候还玩些新鲜的自由排列组合,比如南子和弥子瑕,卫灵公和公子朝。

这样的结果南子应该满意了,她随心所欲、光明正大地走私了自己的感情,这是多少人梦寐以求的美事啊!

但有一个人不满意,他就是南子的儿子蒯聩。

蒯聩究竟是谁的儿子?估计只有南子知道。

蒯聩对母亲的行为极度不满！他为自己不幸有这样一个淫荡的母亲，深深地憎恨！

他一直活在人们的耻笑中，活在母亲淫荡的阴影下！

人们都骂公子朝是种猪，南子是母猪！

赤裸裸的奇耻大辱！

蒯聩恨得心里无时无刻不在滴血！他试图杀掉自己淫乱的母亲，以血来清洗身上蒙受的耻辱。

（五）

蒯聩行动了，却没有成功。

他只是试图，但没有杀掉。

蒯聩弑母的意图败露了，卫灵公把蒯聩驱逐出了境。

虎毒不食子，看来这"食桃"之人总是干些出人意料的事儿。

因为自己的情感走私，导致儿子被驱逐出境，南子心里油然而生出一种莫名的失落！

失落的南子突然生出一个强烈的愿望：她要见圣人孔子！那个四处讲学，受人膜拜的大讲师！

南子为什么想见孔子？

南子美丽风骚，既招摇又过市；孔子德高望重，懂礼仪知廉耻。

一个是过街老鼠，人人嗤之以鼻；一个是万众阳光，人人景仰膜拜！

孔子与南子是八竿子也打不到一块的两个人啊！

可南子就是想见孔子，三请四邀，想来后来的"刘备三顾茅庐"就是受此启发。

孔子再三推脱！

终于，孔子禁不住南子的热情相邀，赴约了。

他们俩关在房间里做了什么？

春秋时期的人们对这场聚会非常好奇，21世纪的人们也非常好奇！

这是一场万众瞩目的私人聚会！

（六）

太史公司马迁对这场聚会也做了记载：

南子坐在绨帷中若隐若现。

孔子推门而入，向南子屈膝跪下行礼。

南子在绨帷中还礼，俯仰之间，身上悬挂的佩玉叮叮当当地响。

……

太史公司马迁走笔至关键处，戛然而止！

就像精彩剧情看到关键地方停电了，美女脱衣裸到关键部位马赛克了！

这段半途而废的记载让南子与孔子的见面更加扑朔迷离，古代的人们与现代的人们众说纷纭！幸好"穿越术"到目前为止尚未成功，否则后果不堪设想。

有人说南子天性风流，孤男寡女共处一室，她有没有脱衣勾引圣人孔子呢？她是不是想傍上孔子这个名人呢？

没办法，南子的名声太坏，近朱者赤，近墨者黑！

自从孔子见了南子一面，孔子的绯闻就被传了出去！南子成了孔子一生中唯一的绯闻女友。

孔子真是跳进黄河也洗不清了！

这不，就连孔子的学生子路也这样想！

孔子自从见过不道德的南子后，学生子路就非常不悦，老师，南子道德那么败坏，你怎么连她都招惹呢？

圣人孔子情绪失常了，予所否者，天厌之！天厌之！

如果像你说的那样，连老天都会讨厌！连老天都会讨厌！

孔子说过的话都被记载成了文言文，结果，真实意思被弄得含糊不清。

世人理解出了两种意思：

一、如果我和南子有情况，天厌之！天厌之！

二、我否认你们说南子道德败坏！天厌之！天厌之！

答案究竟是哪一种？马赛克之！

两处的"马赛克"都给人们留下了无尽的想象！

(七)

那么请容小消我也胡乱想象一下吧!

南子与孔子除了公务之外,会闲聊吗?如果闲聊,会聊些什么呢?

她会不会询问孔子什么是道德?

她会不会虔诚地倾听孔子为她讲解仁义廉耻、礼仪规范?

她会不会聊起认为她品行缺失而企图弑母的儿子?

她会不会把孔子当成耶稣,在他面前洗去自己身上的罪恶?

南子在孔子面前,是激动的、痛苦的、还是渴望救赎的?

她会不会也像世人一样,把圣人孔子当做道德的阳光,借此曝晒一下自己的心灵,直到潮湿的心一点一点地复苏,或凋零。

又或者,她真的会在孔子面前主动宽衣解带?

她要去挑战、去嘲笑那该死的道德!

她要很傻很天真很疯狂地打碎这一切!

打碎道德的虚伪!

打碎人言的可畏!

打碎荒谬的前半生!

打碎命运的负累!

……

想象,请尽情地想象吧!只有这些想象,才能和孔子的"予所否者,天厌之!天厌之!"的两种解释都联系起来。

当然,如果南子真的想勾引孔子,那一定是未遂的。

因为孔子尽力去澄清辩解了!

但孔子的澄清辩解,究竟是为自己,还是为南子?

（八）

不久后，孔子就离开了卫国。他像躲避瘟疫般，逃离了南子。

孔子和南子仅见了一面，就绯闻缠身。

孔子也仅和南子与卫灵公在大街上同乘了一次车，便遭到了人们公然的嘲笑！

人言可畏！

孔子四处讲学去了。他讲学的内容里有句话以光速四处流传开来，"唯小人与女子难养也！"不知道这个女子是不是特指南子。

圣人孔子的光芒一直辐射到今天，除了他和南子那指甲大的一点绯闻。

作为女人，我更愿相信，南子三请四邀要见孔子，更多原因是为了扫清自己心头积压太深的阴霾，那阴霾有一半是拜偏爱"食桃"的卫灵公所赐。

遗憾的是，阴霾还没扫清，南子又成了圣人嘴里连天都"厌之"的人！

徐娘半老犹多情　半面妆容伤一生

【百科名片】徐昭佩，南朝梁元帝萧绎的正妻，公元517年12月，被迎娶为湘东王妃。婚后，生世子萧方等与益昌公主萧含贞。公元554年（南朝梁元帝太清三年），徐妃投井身亡，被草草埋葬于江陵的瓦宫寺旁。

（一）

王妃徐昭佩正对着镜子，精心地雕琢着自己的面容。

尽管，镜子里的人已不是豆蔻青春了，但再迟暮的美人也是美人，如同过时的珠宝，本质是不会变化的！

那是一张已为梁元帝萧绎生育过一双儿女的中年妇女的脸。

柳叶般细细的眉尾，已被岁月牵引得轻微下垂。曾经暗藏风情月意的眼角，也比年轻时候松弛了几分。鼻子依然在不服老地坚挺着，唇角却泄了气似的不再饱满圆润。

一张脸怎么可以这样黯淡无光呢？就像长期失去雨水滋润，即将花褪残红的玫瑰。

突然，涂成玫瑰色的唇角不再耷拉，像受到电疗一般微微上扬了。

徐昭佩对着镜中薄施粉黛的脸，左顾右盼地轻轻笑了笑。那笑容似乎在给自己鼓劲！

过一会儿她就要去参加丈夫萧绎的朋友聚会了，徐昭佩希望以最好的精神状态出现在丈夫和朋友们面前！

虽然，夫妻情分已经生疏；虽然，两人的关系日益冷淡，但徐昭佩仍然想竭尽自己的绵薄之力缓和一下两人的感情。

哪怕心里其实并不那么情愿！

为什么要女人主动呢？何况自己又不是配不上萧绎！

徐昭佩伸出一只手抚摸着自己的脸颊，眼光移向镜中那张端庄的脸。这么一副精致美丽的容颜，难道还配不上那个独眼的萧绎吗？

是的，梁元帝萧绎只有一只眼睛。居然还瞧不上我徐昭佩！真不知道他仅存的那只眼睛是不是看人也有问题！

徐昭佩恨得牙痒痒。

镜中立马出现了一张愤愤不平的脸，哎呀，自毁容颜呢这是，徐昭佩连忙调整好自己的情绪。再怎么着，也是这么多年的夫妻了，余生还很漫长，夫妻关系老这么僵着也不是办法！

徐昭佩决定尝试着去感化丈夫萧绎的心！

爱屋就要及乌，爱萧绎就要爱他的兴趣爱好，爱他的生活圈子！哪怕萧绎的兴趣爱好，徐昭佩从内心里根本是不屑一顾的。不就是一帮酸腐文人聚在一起，谈谈诗聊聊画吃吃饭喝喝酒吗？我徐昭佩也会！

打扮停当的徐昭佩对着镜子，再次整了整盘好的发髻，又紧了紧头上的玉钗，然后兴致勃勃地去参加丈夫萧绎组织的南北朝文友沙龙聚会去了！

（二）

徐昭佩又坐回了镜子面前！

镜子还是那面镜子，脸也还是那张脸。

不，徐昭佩的脸不再是那张枯萎的玫瑰花瓣样的脸了！枯萎的玫瑰花瓣已遭受了烈酒的洗礼，泛出了酒后的潮红！

这张脸上积聚的热情已悉数褪去，取而代之的是悲愤、耻辱、泪水和哀伤！

为什么？为什么当淡妆素裹的徐昭佩出现在萧绎的聚会上时，旁人眼中流露出的都是欣赏，唯独那个独眼萧绎的眼中却是一片冰凉？

为什么当她款款而谈、即兴作诗时，别人嘴里发出的都是喝彩，而萧绎嘴角流露出的却是不屑？

当真那个人不爱你时，连呼吸都是错的？

徐昭佩怔怔地望着镜子里那张憔悴不堪的脸，突然想到丈夫萧绎因她的表现而不耐烦地皱起的眉头！

她心里有一面镜子"啪"地一下，摔碎了！

镜子的碎片划过她的心还不算，似乎又被萧绎的脚狠命地碾踩着，深深刺入了她的心底，扯着她的骨头，连着她的筋！

破镜重圆，纯粹是一句鬼话。谁能告诉我，破碎的镜子该怎么重圆！

徐昭佩的眼泪一颗又一颗地滚落下来！

她的右手伸向镜中的自己，多可怜啊，你！多可悲啊，你！连一个独眼龙都唾弃你！

他！萧绎！凭什么瞧不起我？他是一个瞎子！非但一只眼瞎了，另一只眼也是瞎的！

徐昭佩的脸上似蒙上了一层霜，酒后的血色在她脸上凝固了，玫瑰花的刺开始在她脸上生长！

徐昭佩缓缓收回手，开始慢慢褪去脸上的残妆，顺带褪走了泪水、哀伤和凄凉。

徐昭佩又开始化妆了。

先描柳叶般细细的弯眉，那眉因为愤怒已经微微上挑。再化那暗藏风情月意的眼，那眼里满是凌厉、不屑和孤傲。

跟着晕染那挺拔的鼻，那鼻子似已奏起冲锋的号角。最后涂抹那紧抿的唇，那唇已不再柔软，反而溢出了坚硬与冷漠。

画着脸上的妆，历数心中的伤！

徐昭佩终于停下了手，细细欣赏着镜中的那张脸。那张玫瑰花瓣似的脸似被速成的农药浇灌过，焕发出诱人的妖艳！

只听一声门响，萧绎穿着龙袍推门而入。

徐昭佩缓缓地转过脸，雪落无声地站起来。

皇上，你看我的妆好看吗？专门为你化的！

萧绎定睛向徐昭佩望去，骇然之后是愤怒！萧绎拂袖离去！

徐昭佩笑了，笑出了泪！

她只化了半面妆！一半惨白的脸，一半浓艳的妆。

皇上，你怎么不看我呢？这是专门为你化的妆啊，你只有一只眼睛，我就算化整张脸你也看不见！我专门为你的一只眼睛化妆啊！皇上！

酒后半面妆的徐昭佩大发癫狂，倚在门边放声大笑。

多痛快啊！再也不会任由那个人捏圆捏扁了！

萧绎！你当你是女娲吗？我再也不被你捏着像泥人一样了！

（三）

徐昭佩从此只爱半面妆。

爱有多深刻，恨就有多强烈！

宫人们都劝她，惹怒了皇上，吃亏是自己，保不住要掉脑袋的！

徐昭佩冷笑，料到他不会杀我，巴不得他赶我出宫，从此不相见，也免得心烦了！

这么多年的夫妻并不是闹着玩的，徐昭佩吃准了萧绎不会杀她，她已成了他肚子里的蛔虫。

一只令梁元帝生厌的蛔虫！

然而，这个敢处处嘲讽梁元帝的徐王妃偏偏是正妻，萧绎就偏偏不立这个令他讨厌的正妻为皇后！两人打起了拉锯似的冷战。

皇后之位便长期空在那里，就似萧绎冷淡空寂的心。

萧绎的冷淡快把徐昭佩折磨死了！

她就像个口干舌燥的泥人，被抛入细碎冰凉的沙砾堆里，席卷着，沙沙地被砾石摩擦出伤痕。

她就像块燃得通红的木头，被丢进没有生命迹象的死海里，沉浮着，滋滋地冒着热气，陷入一望无边的沉寂。

这皇宫，就是那磨人的沙砾，就是那一望无边的死海！

徐昭佩，你的余生都将在冷宫里享受那无边无际的冰凉。

徐昭佩抓狂了！

她无数次地酗酒，酒后便将秽物吐到萧绎的龙袍上。

她无数次地出轨，还将情诗公然写在送给情夫的白角枕上！

后宫中出轨的妃子不止徐昭佩一个，但像徐昭佩这样肆无忌惮的妃子只有一个！

徐昭佩甚至还勾引过萧绎的朝臣暨季江！

暨季江在品尝过这个热辣又有个性的王妃后，由衷地发出感叹："柏直狗虽老犹能猎，肖漂阳马虽老犹骏；徐娘半老，犹尚多情！"

从此，"徐娘半老，犹尚多情"便以迅雷下载般的速度风靡了五千多年的华夏文明史！

更出名的是，徐娘半老的徐昭佩爱化半面妆！

夜深了，徐昭佩又在镜前精心地化着半面妆。

萧绎！我知道你瞎掉的一只眼是你自卑的源头，是你的伤口！

她精心地化着妆，似乎是在将盐细细地、一遍一遍地撒在萧绎的伤口上，唯恐萧绎感觉不到痛！

如果得不到很多很多的爱，我就要很多很多的恨！

若恨也能让你注意到我的存在。若恨也能让我在你心中占据一席之地。

知道吗？我害怕的，是你的冷，你的淡。

（四）

徐昭佩终于如愿以偿了！

忍者神龟般的萧绎终于按捺不住了！

后宫里有一个妃姬王氏生子后突然死了。萧绎生气了，后果很严重。

徐昭佩！是你下毒害死的吧？萧绎说，徐昭佩，你去死吧！

好，我就去死！生亦何欢，死亦何惧？

徐昭佩微笑着一步一步走到皇宫的枯井边，望向井底。

井底清清幽幽的，多冰凉啊，犹如徐昭佩的一生。用这么一个地方，葬她徐昭佩的前尘往事，再合适不过了。

井底的青蛙兀自呱呱地叫着，可有谁会去理会呢？

只需一跃而下，一切烦恼便解脱了！徐昭佩想，我这剩下的半面妆，再也不用示人了！

徐昭佩就要成为历史上的"跳井小丑"。

跳梁的小丑惹人发笑，"跳井的小丑"引人发愁。

死后的徐昭佩不知道会不会瞑目呢？她或许应该，也留着一只眼睛的，看那个，自卑到薄情寡义的郎君！

徐昭佩的半面妆等偏激行为，在梁元帝萧绎心中终于留下了难以消散的阴影。

梁元帝的皇后之位一直空着，那是徐昭佩在中国帝王史上捅下的一个窟窿。

一对怨偶，留给彼此的不止是伤害，更是一场人生悲剧。

世界上从来没有悲剧和喜剧之分。如果你能从悲剧中走出来，那就是喜剧，如果你沉湎于喜剧，那它就是悲剧。

遗憾的是，梁元帝萧绎没能走出一个男人的自卑，王妃徐昭佩也没能走出一个女人的怨恨。

他们穷其一生的彩排，都被心灵上的半面妆容无情地伤害！

胡天胡地胡皇后　雷人雷语雷北齐

【百科名片】武成皇后胡氏，北齐武成帝高湛的皇后。生二子，高纬、高俨。公元565年6月7日高湛逝世，其子高纬即位，史称后主。公元577年，北齐灭亡后，胡氏入北周，死于隋文帝执政的开皇年间（公元581年2月—公元600年12月）。

（一）

中国有句俗话，落毛的凤凰不如鸡。当真如此吗？

北齐有位母仪天下的胡皇后，在落难之后，不幸成了妓女！

从枝头尊贵的"凤凰"一下子跌落风尘，变成了"鸡"！这跨度够大吧？依小消我看，这跨度大得连当今跨栏高手刘翔都会自叹不如！

但当事人胡皇后，很快就适应了身份的巨大转变，并发自肺腑地说出了一句："我觉得做妓女比当皇后快活多了！"

噗！听到此话的人，估计都被雷成了外焦里嫩的"风干鸡"！

物竞天择，适者生存。胡皇后超强的适应能力，让自然界的生存法则又一次得到验证。

子曰，食色，性也。

为这事，我曾不止一次在私底下善意地揣摩，胡皇后一定是把标点符号看错了！读成了"食色性，也"！

如此标新立异、独树一帜的皇后，在历史上还真找不出第二个。

能够分享到北齐皇帝的女人，北齐的嫖客们还真是有福啊！

不猎一下这位胡皇后的传奇生平，怎么hold住我那颗野草一般疯长的好奇心呢？

(二)

胡小姐的前半生很纯洁，很幸运！

她生于北齐高贵的上流社会家庭，一出生就持有名媛小姐的编制。

胡小姐的父亲胡氏和母亲卢氏，都是北齐的大户人家。胡卢两大家族的婚姻结合，可谓是强强联手！人们都期待和好奇着这样大户人家出生的女儿，将来会有个什么样的归宿。

长大后的胡小姐，嫁给了帝王家的儿子高湛，成了长广王妃。随后，丈夫高湛得到了大齐皇位，胡小姐妻凭夫贵，正式晋升为北齐的国母，成了胡皇后！

这位胡小姐该是多么幸运啊，小时候有着殷实幸福的童年，长大后拥有富贵美满的家庭！

但，每个名人的背后都会有一段奇闻轶事，成名后的胡小姐也不例外。

据说，当年母亲卢氏怀着胡小姐时，有一位化缘的和尚对着卢氏的大肚子盯了半天，预言说："此宅瓠芦中有月。"当时听到和尚的话，人们百思不得其解，可当胡小姐贵为皇后了，大家便都恍然大悟起来。芦中有月，意思是卢氏的肚子里怀的是月亮。太阳是天子，月亮就是皇后，原来胡小姐成为皇后是上天注定的呀！

难怪古人在总结人的一生时说，会跑跑不过影子，人能能不过命！

胡皇后的童年轶事不胫而走，后被唐代的李百药刊登到了史书《北齐书》中。

小消我还是忍不住窃笑了一番，现今看来，这个会预言的和尚，压根儿就是个骗吃骗喝的江湖术士！胡小姐姓胡，名字里当然有月了，难道还跟母亲姓卢不成？

这人一旦出了名，连头发也围着脑袋长成了一圈圈又浓又密的光环！

但局外的人们哪里知道，胡皇后与高湛的皇室婚姻，就像油腻后纠结的头发一样，是剪不断理还乱的！

(三)

胡小姐先是一帆风顺地长大了，接着又风风光光地嫁入了皇室。

千万别以为胡皇后的好运会一直气贯长虹。

小消我就算没学过抛物线原理，也买过股票啊。果不其然，胡皇后的运气就如一只股票的k线图，在嫁给皇帝高湛后，就露出了下滑的疲态。

问题是，胡皇后不能把坏运气当做股票割肉撤离，她必须沿着自己的人生轨迹滑落下去。

相信胡皇后在嫁给高湛时，是怀着一颗虔诚的心的。

但她失望了，外表英俊的高湛，行为却龌龊不堪。

他让鲜花般纯洁的胡皇后独守着空房，却偏偏去霸占自己的嫂子李祖娥！

对高湛来说，强抢过来的才是香的，才有征服的成就感。

胡皇后虽然贵为国母，却没有办法操纵高湛的思想和行为。做这个肮脏的高湛的妻子，她没有办法喘气。

整个皇室都是污秽肮脏的，没有可供自由呼吸的净土！

胡皇后躲在被窝里，一双手缓缓地抚过自己光洁的身体。这是一具青春的、富有朝气的、温润光滑的身体，却被无辜地卷进这肮脏的皇室淤泥中！

胡皇后不想成为出淤泥而不染的莲花！她怕孤单，怕这具年轻的身体，还未曾千娇百媚地盛开，就千疮百孔地衰老下去！

胡皇后抚摸着自己的身体喘息了。

她决定了，她要呼吸，她要快乐地呼吸！哪怕这快乐是肮脏的，卑劣的，不堪入目的！

人生一世，草木一秋，如不及时行乐，怎么对得起自己的青春年华呢？

一个人要自制很难，但要堕落却如股市崩盘，一发不可收拾也！

决定不择手段地在皇室中寻找快乐的胡皇后，如高台跳水般堕落进皇宫的污秽中，溅满了一身肮脏的淤泥！

她开始和太监们玩对食，太监虽然不算是真正的男人，但好歹曾经是男人！

胡皇后渴望男人！确切地说，是胡皇后的身体渴望男人！

太监们开启了胡皇后的身体，尘封了她纯洁的过去。

不知道胡皇后在身体盛开着、与太监们对食时，有没有提醒过自己—— 姐也曾经纯洁过！

（四）

胡皇后终于瞧不上跟太监们玩对食了，太小儿科、太没成就感了！

虽然和太监们的性游戏名曰对食，但总不那么合胡皇后的胃口。和不像男人的男人玩性游戏，就像一个贪吃的孩子，刚刚尝了几盘味碟，主菜还没上来呢，就被强行拉下了宴席。

缺少滋味也就罢了，关键是欲罢不能！

于是，胡皇后找了个男人，过上了有滋有味的生活——不，应该是有滋有味的性生活。

她找到了高湛的臣子和士开。

和士开让胡皇后懂得了，她是个真正的女人，她在皇宫里不再是只高高在上的花瓶。

胡皇后清醒地读出了潜伏在自己身体里的那些欲望、那些挂念、那些虚伪、那些欺骗！

太监们已经给了胡皇后开启身体欲望的钥匙，和士开接着打开了胡皇后性格里的潘多拉魔盒。

沟通，从性开始！

得到了胡皇后的和士开，也不忘和戴着绿帽子的皇帝高湛沟通！

和士开说，自古帝王，尽为灰土，尧舜贤君，桀纣昏君，死后又有何分别！陛下应该珍惜少壮之年，横行玩乐，一日快活敌千年。国事尽可吩咐大臣，何必自己劳心费神！

高湛便把皇位传给了儿子高纬，从此肆无忌惮地沉迷于酒色中，不再理朝政！胡皇后也随着儿子的即位，在职位上更上一层楼，荣登为胡太后。

酒色杀人，高湛死在了晚年为之献身的酒色事业上！高湛死了，胡太后便更加肆无忌惮地为情夫和士开献身了。

和士开因游说高湛退休，为扶正新皇帝高纬立下了汗马功劳，一时权倾朝野。

但风光得了一时，风光不了一世。和士开终因处事不够低调，惹来了杀身之祸！和士开被皇帝的弟弟，琅琊王高俨使计杀死了。

对皇帝来说，和士开死了，只是死了一位臣子，但对胡太后来说，死的可是她的男人！

胡太后的床上又空了，长夜漫漫，孤枕难眠。

性爱就像吸毒，如何戒得掉呢？

对胡太后来说，性爱是她活在世上的唯一乐趣。电影《色戒》播出后，曾有人以《色易戒，情难守！》为题，撰文写影星汤唯的情感故事，幸好胡皇后没生活在这个时代，否则她会第一个跳出来反对说，色怎么容易戒呢？

丈夫高湛死了，情人和士开也死了，两个儿子自相残杀，高俨被高纬杀死了！

这走马灯似的发生的一切，都不在胡太后的掌控之中！她所能掌控的，只有自己的身体和行为。

只有在性爱的麻醉中，她才能找到欢乐，忘却丧夫丧子丧情人之痛；只有在性爱的麻醉中，她才能忘却人性的残忍、肮脏、卑贱。

然而她身边的男人都死了，她需要找到新的发泄渠道。

和士开死后，胡太后又与昙献等小和尚勾搭，直至行为败露，被高纬关进了冷宫！

冷宫里全是黑暗，连胡太后自己都变成了一团黑暗——心理上的黑暗！

她无法把自己从黑暗中抽离，如瘾君子在戒毒所中，念念不忘的，依然是吸食毒品时带来的乐趣！

胡太后的瘾，是性瘾的欢乐！

（五）

一个女人，若没有很多很多的爱，就要有很多很多安全感，若没有很多很多的安全感，就要很多很多的金钱。

对胡太后来说，她不差钱，也不缺安全感。

她没有得到的，是很多很多的爱，那她就要很多很多的性！她也知道，**能够慢慢培养起来的不是爱情，而是习惯。**

性爱已经成了她不可救药的一种习惯。

其实，胡太后可以选择孤单，但是她没有！胡太后喜欢热闹，从一出生，**她就是个娇小姐**，被鲜花围绕，众星捧月。她已经习惯了热闹，孤单？她的字典里没有这么个词儿！

胡太后不知道，其实孤单久了，也会成为一种习惯！但一个人若是放纵久了，何尝不会成为一种习惯？

好习惯是养成的，坏习惯是惯成的！破罐子破摔的胡太后"惯"成了放纵的坏习惯。不知当她放纵享乐的时候，心里是否仍会觉得孤单？

繁华落尽都是寂寞，冷漠背后却没有温情！

胡太后并没有寂寞太久。

公元577年，北齐灭亡了，皇室的家眷们都被驱逐出宫。

曾经的胡太后游荡在街头，茫然失措。在宫中的这大半生，她心里只记下了性爱的美好，人间的烟火早已与她无关。她曾经的清纯，则更是杳如黄鹤了。

胡太后拉上同病相怜的媳妇穆黄花，开始了妓女生涯！

如吸食白粉的人，在似真似假中，麻痹了自己的神经，点燃了自己的快乐，有着飞蛾扑火般的悲壮。

穆黄花曾经想过要脱离这不光彩的行业，试着再嫁过人。但她又回来了。

"世事都不可靠知道吗？"胡太后望着穆黄花笑了。

她知道穆黄花会回来的。

"做皇后都没有做妓女快乐！"胡太后谆谆告诫曾经的儿媳妇说。

这是她的切身体会。终于摘掉了禁锢，她可以利用妓女这个职业，光明正大地追求自己的快乐了。

感官上的小快乐，已成为她人生中最大的快乐！

（六）

胡太后微笑着接待那些曾经诚惶诚恐臣服于她石榴裙下的子民们。

她本该是一人之下、万人之上的皇后，现在却沦为万人身下发出快活呻吟的妓女！

沉沦在烟花巷中，身份已低到尘埃的胡太后，心里却开放出欢乐的花朵。她爱岗敬业，在历史的长河中有如一朵拔尖的浪花，在世人的白眼里，自由地喘息着！

设若，春秋时期有个"雷人雷语排行榜"，胡皇后仅凭一句"我觉得做妓女比当皇后快活多了！"便可以绝对优势，引领一个时代的风骚！

北齐，这个历史上不算有名的朝代，就这样被无情地雷倒在胡天胡地胡风流的胡皇后这句话上，永世不得翻身。

西泠之冷　冷不过小小红颜薄命

【百科名片】苏小小，生于公元479年，南齐时钱塘名妓，传说她与一个叫阮郁的豪门公子，相爱得轰轰烈烈。十九岁时苏小小因为相思而感染上风寒，加上她从小就有咯血病，不久便香消玉殒。今杭州西湖湖畔有苏小小墓。

（一）

鲍仁一不小心居然金榜题名，混了个刺史，那可真是一朝得志啊！

要知道，在群英荟萃的南齐社会中，能混个滑州刺史的官职，可是天上掉馅饼的美事儿。我们有理由不去责怪鲍仁的得瑟，因为鲍仁同志还是有美德在身的，发达了，却没有鼻孔朝天，他这会儿正回头观望过去呢。这一回头吧，一个贵人就从他的记忆深处款款走了出来——苏小小！

是的，就是那个名动苏杭的苏小小。

就在去年，鲍仁同学在奔赴考场的途中把路费花光了。遥想南齐那会儿，还没有手机、网络等一系列可供和家人联系的现代化通讯工具呢，更别说提款机了！鲍仁同学是在前不见考场，后不见故乡，"念天地之悠悠、独怆然而涕下"的时候，遇见了苏小小。苏小小在说了一番鼓励他、认为他以后一定会有出息的话后，还非常慷慨地捐了一笔钱给鲍仁。

没有苏小小，就没有鲍仁的今天，鲍仁决定亲自到她家去感谢她当年的热情相助。

在鲍仁的印象里，苏小小还是去年那个十七八岁的少女，小巧玲珑、含苞欲放、青春活泼，偶然眉眼间会闪过一丝落寞。

这是为什么呢？当时，鲍仁曾用小沈阳的经典台词询问她有什么不开心的事。

苏小小说，她与初恋感情破裂了，还说自己到底哪里不好，为什么没人肯娶她？苏小小说这话的时候，言语是轻快的，神情是明朗的。

鲍仁说，若以后没人肯娶你，等我闯下一番事业后，我就回来娶了你。

这么个可爱的小人儿,能说会道,能歌擅诗,有什么理由不喜欢呢?

苏小小听到这话后,咯咯地笑了。

鲍仁想起苏小小的笑,就开始琢磨那笑是什么意思。当时,自己失魂落魄、衣衫褴褛,向杭州的第一歌妓求婚是不是真的很无知?想到这些,今非昔比的鲍仁,正了正头上的官帽儿,脚下的步伐也情不自禁地加快了些。

正值暮秋,天气清爽,落叶满山,白云寂寥,声喧乱石。

去年落魄时,鲍仁碰到苏小小也正是这般的天气。

但今时已不同往日了。

鲍仁正觉得心旷神怡、内心窃喜时,忽然听到前方传来一阵哭声,循声望去,却见一妇人正扶着灵柩哭泣。

妇人正是苏小小的乳母贾姨,躺在灵柩里的人竟是苏小小!

(二)

贾姨是看着苏小小长大的,苏小小的童年是幸福的,学习好,家境好,父母也宠爱有加。只可惜好景不长,在十五岁那年,她的父母去世了,苏小小成了孤儿。虽然她的父母没法获得意外保险赔偿金,但仗着家大业阔,瘦死的骆驼比马大,苏小小和贾姨靠着大笔遗产,还是继续过着比较安适的日子。

这样一个从小就无拘无束的孩子,性格怎么能不开朗呢?苏小小酷爱大自然,喜欢户外运动,可徒步她又怕脚疼,于是推陈出新,找人按自己的意思DIY了一辆小车子。

这辆小车子除了方向盘,什么都有,四周的帷幔随风轻摆,并兼具防晒功能;轮子上面雕兰刻桂,不仅美观大方,还能防滑。细心的苏小小还不忘给小香车注册了商标,叫油壁车。每当苏小小请司机推着车子,自己优哉游哉地坐在油壁车里,掀开帘子向外张望的时候,街上的回头率都是百分之百。

当初,小小的追求者那叫一个多啊,没有一个师,也有一个团,用现在的火车皮都装不下!苏小小的性情洒脱不羁,不矫情不做作不宅女,跟朋友们谈天论地绝不怯场,诗词歌赋样样精通,每天来找她切磋的王孙公子络绎不绝,只差喊出口号"认识小小我骄傲,认识小小我自豪"了!

只可惜,在苏小小遇到阮郁后,她就变了。

贾姨提到苏小小与阮郁的相识,禁不住又抽泣起来。

苏小小和阮郁是一见钟情，他们以迅雷不及掩耳之势，发展了一段旷世的恋情，但很快就结束了。阮郁接到书信说他父亲病了，要回老家去，之后就再也没回来。

苏小小在日思夜盼中就开始咯血了。

（三）

阮郁接到父亲的病危通知后，赶快辞别了苏小小回到家中，没想到回去后的遭遇就像电视剧里被演烂了的桥段一样——父亲安然无恙，所谓的"病危"只是为了骗儿子回来！因为他听闻儿子在谈恋爱，正在交往的小女朋友名气虽大名声却差。

苏小小已被贴上高级交际花的标签，隔山绕水地传到了阮郁的父亲耳中。

阮郁的父母可都是"正经人"啊，他们家阮郁将来也是要做公务员的，怎么能娶一个歌妓做媳妇呢？

虽然歌妓这个职业在南宋的时候很风光也很正当，但跳艳舞这种事，在外面看看是可以的，想要嫁到我家里那还是算了吧！阮父对被骗回家的阮郁进行了狂轰滥炸的洗脑，什么男人交际广是风流，女人交际广是放荡；男人只能是女人的第一个，女人可以是男人的最后一个；苏小小经历的男人太多了，到阮郁你这接的都不知道是第几手了。

年轻的阮郁经过与宰相父亲激烈的辩论，乱了主意。在他心里，苏小小虽然朋友多，却并不是滥交之人。曾有个当官的暴发户，叫孟浪，也很喜欢苏小小，孟浪觉得自己很有钱，对歌妓这样的小人物很傲慢，苏小小在他面前却表现得不卑不亢、有理有节，让孟浪也好生钦佩。

歌妓苏小小身上自有一副傲骨，她只愿结交她瞧得上的朋友，任你官职地位再高，她不喜欢就是不喜欢。

苏小小的乳母贾姨曾说过，有钱的、当官的要包养苏小小的多了，苏小小要通过傍大款过上富裕的生活非常简单，但是小小对大富大贵从来都是不屑一顾的。

她的思想是自由的，情感是纯洁的。

直到遇上阮郁，一颗心便系在了他身上。

"阮郁，我等你回来！"

阮郁想起自己临走时苏小小的依依不舍，苏小小会等着自己吗？

阮郁又更多地想起了父亲的话，"苏小小是个歌妓，配不上咱家！"左思右想，男人内心的处女情结终于战胜了爱情。又或者，苏小小这样的女人对于男人来说，只是一支被众人争相采撷的玫瑰，真正采到手的人，却又怕刺扎伤了自己的心而随手丢弃了。

（四）

阮郁对爱情退缩了，却想不到远居钱塘的苏小小在他离去后，身体一天天地衰败了下去。洒脱变成浮云，真情化为流水，也许只有辽阔的大自然才能消解这痴情的厚意吧！苏小小更长久地流连于山水之间，鲍仁就是在那个时候邂逅苏小小的。

鲍仁想起过往，扶着棺木放声大哭。

天上的白云散了还会重聚，离别了小小从此却不能重遇；满山的落叶还像去年一样铺满一地，落叶上却再也不会重现油壁车的辙痕、美人的行迹。

一个无牵无绊、自由自在的妙人儿就这样香消玉殒了。

也许她本不属于这方天地，连苍天也不忍心将这样真性情的女子抛入俗世，让她度过相夫教子、争风吃醋、柴米油盐、婆媳关系的一生，终于在她最美丽的时候把她唤回去了，只给世人留下最美好、最青春的记忆，成了文人们心中一场遥不可及的梦。

鲍仁将苏小小葬在了西湖西泠桥畔，碑上刻上"钱塘苏小小之墓"，完成了苏小小生在西泠、死在西泠、埋骨西泠，不负一生爱好山水的遗愿。

后来每个经过墓前的人，都会忆起这个美丽的女子，鲍仁也只能用这种方式，来报答苏小小当年对他的济困之助了。

（五）

据说苏小小死后，芳魂不散，常常出没于花丛林间，闯入许多文人的梦里，并在李贺、沈原理、徐渭等文人的诗歌里生生不息。在小消我看来，苏小小的形象又何止是存在于这些诗中呢？现代更多女性的爱情被处女情结、前男友太多、门不当户不对、父母不同意而打败，于是她们更加寂寞地行走在城市里，苦苦地追寻。

偌大的世界，究竟谁的脉搏才能与己共振呢？

但是佛曰，不可说，一说即破！

人间亦有痴如我　岂独伤心是小青

【百科名片】 冯小青，名玄，字小青。明朝扬州（今属江苏）人。嫁杭州豪公子冯生为妾，讳同姓，仅以字称。工诗词，解音律，为大妇所妒，徙居孤山别业。亲戚劝其改嫁，不从，凄怨成疾，命画师画像自奠而卒，年十八。

（一）

有一种地方，叫江湖。

有一种江湖，叫爱情。

有一种爱情，叫虐恋！

有一种神龙见首不见尾的招式，正在爱情这片浩瀚的江湖中，悄无声息地风靡流行——虐！

什么样的恋情才称得上虐恋？是有情人难成眷属，无情人捆绑成双？是爱你在心口难开？还是爱你在口心难开？

什么样的心情才称得上虐心？是棋终于逢到了对手，却不得不相惜又相残的挣扎？是打败天下无敌手后，又独孤求败的高处不胜寒？

那些使出了爱情虐招的男男女女们，杀人不见血！伤心不包扎！破身不负责！

那些中过爱情虐招的男男女女们，欲罢不能，欲语还休，欲拒还迎！它让你的心，在无声无息、无形无色、无影无踪中，过足了向往爱情的瘾！

爱情的"虐"，没有解药！只能任它在体内游走，时不时毒发一下，心被乱揪成一团！

金庸武侠小说《射雕英雄传》里，绝情谷中的情花之毒，想来与此同出一脉，原来小说也并非纯属虚构！

(二)

冯小青的心很乱！是那种纵然你能剪断却依然还乱的乱。

在燕王朱棣造反的乱世里，冯小青已因国难家破失去了亲人，侥幸逃生却又不幸被卖给冯通做小老婆，偏偏又被冯通的大老婆崔氏所不容！

作为一个弱女子，冯小青失去了家人的爱，得不到爱人的疼，整日唯有孤影陪伴。

有句话说，对自己好点，因为一辈子不长；对身边的人好点，因为下辈子不一定能遇见。可她只能选择对自己的影子好点，因为她的一辈子注定短得像流星划过天际，也因为她身边没一个人可以遇见，尽管这个选择令她很痛心，但总比没有选择好。

冯小青隐居在西子湖畔的孤山上已经很久了。

她不知道自己究竟在等什么。

是在等丈夫冯通的到来？还是在等冯通的大老婆崔氏的接纳？冯小青有点茫然了。

茫然的冯小青，开始在书中寻找别人的爱情，借以温暖自己那颗孤寂的心。天见尤怜，得以让她看到了《牡丹亭》这本书。唐代诗人杜甫有诗曰：感时花溅泪，恨别鸟惊心！冯小青这一感一恨，就不无伤感地写下了这么一段读后感：

冷雨幽窗不可听，挑灯闲看牡丹亭。
人间亦有痴如我，岂独伤心是小青。

汤显祖这本《牡丹亭》还真是畅销啊，从明朝一直销到了21世纪的新中国！

请容小消我幻想一下，百无聊赖的冯小青斜倚在明朝的美人靠上，挑着昏黄的烛光，夜读着汤显祖的手抄本《牡丹亭》。此情此景，多像现在的女孩子们躲在被窝里，打着手电筒，偷看盗版琼瑶小说的场景啊！

于是，在书中，女孩们找到了理想中的罗曼蒂克，她们沉迷了，流泪了，幻想了，忧愁了！

于是，孤单的冯小青更忧愁，她长久地坐在河边，看着水中的自己形单影只。

她往水中伸出手去，似要打捞什么，可是，一圈圈的涟漪逃也似的四散躲开去，除了粼粼的波光就是波光粼粼。原来，一切的一切都是镜中花水中月！

（三）

如果已逝的冯母在天有灵，看到女儿冯小青这番孤苦伶仃的模样，会不会为没能给女儿规划好她的人生而后悔自责呢？

千万别以为这是无稽之谈，要知道，在冯小青十岁时，曾碰到一个神奇的老尼。

老尼对冯小青口授《心经》一遍，冯小青立马便复述出来了！

十岁的冯小青，聪慧伶俐得像个复读机，记忆力非凡，过耳不忘，令人好生佩服。

"可惜呀，这孩子早慧命薄，活不过二十岁！"老尼摇头叹息。

冯母自然不信这个只有一面之交的老尼姑的瞎话，估计全天下做母亲的都不会相信，如果没有老尼后面这句话。

"这孩子有佛根，愿乞做我弟子，续她佛缘，延她性命！"老尼双手合掌，对冯母深深躬了一躬。

冯母坚决不同意！全天下的母亲都不会同意！

自家的孩子，辛辛苦苦养到十岁，琴棋书画样样精通，怎么能送到寺庙出家呢？

依我看，冯小青的母亲实在太没远见了！她不知道21世纪的大学生就有出家当和尚的，而且，还要通过考试才能认证！

佛学也是一门高深的学问啊。

（四）

没有远见的冯母料不到明朝会改天子，也料不到冯家会没落，更料不到聪慧的女儿会嫁给别人做小妾，并且还做得这么委屈！

"小二"也不是那么受宠的！只因那个家中大老婆崔氏强烈的妒忌，丈夫冯通的懦弱和不担当。

瞧这个冯通，简直就是生长在男权主义盛行的旧社会的一朵奇葩！

21世纪的女人最缺乏什么资源，小消我不妨妄言一下，就是冯通先生这样的奇葩丈夫啊！仅仅是因为大老婆的不允许，就不敢把小老婆往家里带！

对冯通来说，大老婆就是法律，哪怕小老婆冯小青也是合法的。不过冯小青不在意，她从未和强势的崔氏起过争执，也从未埋怨过丈夫的懦弱。

或者冯小青也曾在意过，但是现在不在意了。

因为她已经找到了新的爱人。

要忘记一份旧感情，就必须开始一段新感情。这话让我想起一副春联来，鞭炮声声辞旧岁，梅花点点迎新春。

辞旧迎新的冯小青已经开始了新感情。

但是冯小青自己并不知情！

冯小青的新爱人——就是她自己！

据说张柏芝主演的一部新电影叫《影子爱人》，主题是"花的灿烂、雪的冰冷、爱的两难"，这十二个字总让我无端地想起冯小青，以及，她的影子爱人！

(五)

是的，冯小青爱上了她自己，这是她逃不了的宿命，而且，她似乎很随遇而安，没半点要逃出这宿命的想法。

当她在水边顾影自怜的时候，当她把所有的贴心话都说给自己听的时候，当她自己对自己边说话边流泪的时候！

世界上最虐的感情莫过于此！

江湖中那些男男女女的虐恋，好歹有个对手。互相虐心的时候，若你看到他，你可以和那个人有肢体接触，不管是拥吻还是厮打！若你看不到他，你也会自己唱着独角戏，被过去那个曾经与你有过纠缠的人虐着心。

但爱上自己的冯小青怎么办？

她自己拥抱着自己，拥不出温暖；她对自己说着情话，听不到回答。她的声音就回荡在耳边，但无论转多少次身都看不见人！

她终于在水中看到了心上人的影子，伸出手去，却触摸不到。

原来，爱情的江湖中，还有一种神龙无首也无尾的招式——自虐！

不管你们在爱情中怎样互相虐心，又如何比得上自己虐自己心的冯小青呢？

这样的自我纠缠，触目惊心！

（六）

冯小青沉浸在自己的情感世界里，无法自拔！

自我纠缠的她想起了多年前那个老尼姑的话，她本就是佛祖身边的人，是有慧根的，怎么能食人间烟火呢？又怎么经得住人间的猜忌和寻常人的情爱打磨呢？

只有自己给予自己的感情，才是最长久、最经得起考验的！

自己才是最理想、最完美的爱人！这或许就是冯小青理解出来的爱。

不愿再食人间烟火的冯小青，开始粒米不食了。

她找来画师为自己画像。

画第一幅，不满意！第二幅，不满意！第三幅，第四幅……无休止地画下去吧，当一个人决定放弃生命、决意离开人世的时候，就不会再想给自己希望。

画了N幅之后，终于有画师画出了让冯小青满意的效果。

冯小青终于可以面对面地与心上人交流了。

她坐在自己的画像面前，摩挲着心上人的脸。

我的心，只有你了解，就像我了解你一样。只有我们，才永远不会分开。这世上最完美的爱情，就是我对你的感情！我相信你，你也相信我。

爱情完美主义者冯小青，在自己的画像面前抑郁而终，年仅十八岁。

（七）

冯小青生前曾对着画像作了一首诗：

稽首慈云大士前，莫生西土莫生先。
愿为一滴杨枝水，洒作人间并蒂莲。

是，这就是她来生的愿望！她愿化作观音瓶中那杨枝上的一滴水，被洒向人间。

冯小青一定是如愿了，因为不知道有多少人，为自己洒下过一滴滴泪水！

那泪水从眼底迸出来，温暖地在眼眶里打着旋，缓缓地滑过眼角。那是伤心的轨迹。还有谁会像自己这样,细腻地了解自己?

为自己拂去眼泪的,往往是自己的手。

当别人幸福地握着并蒂莲,而自己却只能顾影自怜、孤芳自赏的时候!

当自己拥抱着自己取暖的时候!

当知心话只能对自己说的时候!

人间亦有痴如我,岂独伤心是小青!

我不知道,在今天,在爱情被炒得沸沸扬扬的当代,你有没有感觉到观音瓶中那束杨枝上,洒下的一滴水,正借用时间的手,把相爱写成相爱过。